書歲月的臉

2019不可思議

林淑如 著

《書歲月的臉》五十七超人氣推薦序

欣賞五十七篇推薦序，彷彿走入一片繁花似錦的文字花園，感謝周邊這麼多愛文學的作家、同事、同學、學生、社團及親朋好友……充滿關愛的語言，有你們，眞好！

·因爲眞誠，所以豐富～

我和淑如在淡江大學大一學期結束後，不約而同的轉入中文系，想來她的西語系和我的東語系都是胡亂塡志願的結果。

這是我和淑如大學三年同窗的開始。不過，大學三年，我倆並無交集，最主要的原因是當時她已和現在的夫婿方克屏出雙入對，甜蜜幸福的小兩口世界裡全被彼此塡滿了，密實的連根針都插不進去，我們只能在一旁看著她比我們早來的幸福快樂。

眞正認識了解淑如是在畢業後很久，這得感謝我們班每年一次的同學會，我們漸漸親近，因爲同愛閱讀寫作，相知相惜，終成莫逆。

二〇一七年秋天，我們兩對夫妻（克屏、淑如，張挽和我）相偕去廣東尋根，並順便自駕前往張家界旅遊。我常聽說很多原本相愛的情侶、朋友都通不過共同自助旅行這一關，但那一趟十天的旅程，我們同車同食同宿，志趣相投，相處甚歡，非常和諧，留下一段最美好的回憶。

這些年來透過臉書看淑如，她幾乎每天不間

斷，真誠熱切鉅細靡遺的寫她的家族、親人、學生、朋友、同學和生活，字裡行間滿是正能量，文字優美動人，也讓旁觀的我逐漸拼湊出一個擁有「全福」的淑如：

她那龐大綿延又相親相愛的百年家族。

她的夫婿克屏是初戀也是一生唯一之戀，純粹美滿始終如一的婚姻，彌足珍貴。

她的一雙兒女，自幼品學兼優，學成後，都成爲醫生，也各自擁有幸福美滿的婚姻。

她教過的學生，桃李滿天下，遍布全世界，無論走到哪裡都有學生反饋。

她熱愛閱讀寫作，也帶領參與一個陣容堅強質感極佳的讀書會，讀書寫作相互輝映，生活的精神層面很高，永遠是人們仰望的標竿。

我常讚嘆她是個稀有的全福之人。一般人的人生多數是「有一好沒兩好，有一福無二福」，淑如卻是十全十美毫無缺憾。

這樣的人生，這樣的淑如，怎不令人又羨又愛呢？

傅孟麗（作家／淡江大學同學）

．傳統的寫作和發表，在社交媒體臉書（facebook）出來後，有了一些改變。

一般作家通常會先等紙媒刊出後，再貼到臉書上去，這類作者，在寫作時，是依循傳統的心態——向不知在哪裡的讀者訴說。

但林淑如老師走的路，則是直接進擊臉書，與傳統模式有點不同。寫作手段也不太一樣。

傳統的寫作，讀者很模糊，如何吸引更多讀者，在寫作功力上要求便相當嚴謹；臉書的朋友圈多半是經過（作者）認證的，寫作（訴說）的對象，作者心中很清楚——就是與臉友們直接對話，因此，作者寫臉書時，就是完全抒發自己的心情，而少顧及寫作技

巧，使得作品讓其臉友讀來相當貼切。

而林淑如的文筆本來就不弱，寫臉書文章對她來講本是小菜一碟，如果拿我熟悉的籃球作比喻，傳統的發表模式像是打職籃，直接衝擊臉書的模式是街球，那麼，林淑如就像是帶著一身室內球場的職業攻防水準，去縱橫戶外球場。

林淑如這一露「臉」，勢必讓街頭的球迷「好看」。

徐望雲（明道同事／YoutuberMy Media「老徐開講」主持）

．如果臉書是一張臉，當年我這個新手作家、小編輯仰頭看淑如老師親切溫藹如鄰家姊姊，如今我也長了像淑如姊姊的這張臉。

如果臉書是一本書，淑如老師的臉書就是一本歲月的書。

如果臉書是一幅畫，這本《書歲月的臉》，固然有時間的痕跡，布滿皺紋，卻也有生活的美好，笑意盎然。

林黛嫚（作家／朋友）

．中文系的才女，《明道文藝》的主編，同學中的暖心伙伴。

淑如走到那裡，筆就到那裡，筆下的風采有人文探索的驚喜，有進入內心世界的眞情流露，我喜歡！

吳娟瑜（作家／淡江大學同學）

．林老師帶領三餘讀書會，在社會閱讀風氣每下愈況之今日，倡導讀書之樂，傳播讀書之美，數年如一日，實乃一股清流。現聽聞林老師卽將將個人筆耕創作集結成書，欣喜之餘，也推薦愛書之人一讀爲樂！

老黑——田臨斌（旅遊家兼作家）

·林老師集編寫教學於一身，長年徜徉於文學世界，文學豐富她的人生，也滋養她身邊的人。文學不老，熱情永駐，閱讀她在FB所張貼的精采文章，除可了解一個愛書人充實圓滿的生活，也可意會文學賦予生命的細緻張力。

方秋停（作家／明道中學同事）

·總是笑容可掬的林老師，因爲受邀去讀書會演講相識，她總是用那枝抒情之筆，書寫生活中讓她心動流連的人、事、物，她觀察入微，體會深刻，卽便是平凡小事，在她筆下也栩栩如生，如在目前。善於品味人生的她，不僅分享生活，也不期然地成爲退休人士的美學人生的典範。

郎亞玲（頑石劇團藝術總監）

·娑婆世界中，每一張緣視過的臉，都值得在感念中，再次被想起。

虛擬網路上，每一篇用心的書寫，皆等待於重讀裡，與美好相遇。

臉書上的感動轉瞬，敬虔地以鉛字銘刻於紙本上，就在指尖翻動扉頁、身心領受的當下，感動就成爲了永恆。

吳品瑜（作家）

·我和淑如老師在五十多年前，雖然只有同事過一年，但深深感受到她熱誠、溫暖的個性。後來甚少見面，都是在臉書上相逢，透過她流暢的文筆，覺得眞是文如其人。

不論寫婆婆與越傭、先生、兒孫、同事、讀書會文友等，都可看到她處處關懷別人的眞誠與體貼。

宋裕（作家／翰林國高中國文教科書總召集人）

·淑如老師是我在台中市立一中高中時期，就非常喜歡的才女學妹，經常在《綠天》校刊上，閱讀她的文采大作。總是像迴旋木馬式的在腦海中揮之不去，餘韻繞著。之後，我們又有緣成爲明道中學的同事，她主持《明道文藝》的編輯及專欄……。本本豐富、篇篇精彩，成爲明道人必要性的精神糧食，眞的，我們都愛上她的文章品味。

朱魯青（景觀設計師／中市一中學長）

·林淑如老師是我成長期最重要的老師之一。這幾年她維持書寫著腦中所思、眼睛所見、心中所感的事物，一篇一篇發表在FB，讓我跟著她的筆觸了解更多的觀點。很高興聽到淑如老師要將它們集結成冊，這讓更多人有機會能閱讀到她的文章，定會有不同的感動噢！

熊美玲（音樂創作人／明道學生）

·林淑如老師是我老婆熊美玲讀初中時的國文老師。照說，我這把年紀的初中國文老師起碼都要有個八十好幾了。可她跟我老婆差沒幾歲。所以相處起來像朋友多過師生。我跟她的學生們的關係也是有趣，他們比較像是我的同校同學，我老婆常說我和他們比較熟。所以，我跟林老師也熟。她是個做學問的人，我卻一貫本色，像個浪子，我常想：若是我也有這樣的一個老師，或許，高中時期會少翹一些課。聽聞她出書了，趕緊來祝賀一番，希望大家都會喜歡這本滿有感的雜記。

林秋離（音樂創作人）

·淑如老師的新書《書歲月的臉》即將出版，希望我以醫者的角度分享一段心得。其實我和林老師從未眞正見過面，但因爲她有位非常優秀的兒子剛好也算是我的門牛，家庭教育非常的成功，所以我也間接的仰慕起林老師了。

這幾年來，林老師在FB上面分享的文章，光看標題，譬如「這又是個不可思議的重逢」、「走過浪漫～活出現實的體驗」……，就知道林老師寫的是人性，親情、師生情；談的是文學、音樂、藝術；分享的是教育、尊師重道、生活的文學，即使是遊記，傳遞的也是人性的溫暖，圓滿的處世之道，包括了世間美好的事物。

讀到林老師的文章，每每都讓人有一種溫暖的感覺。雖無緣參加「三餘讀書會」，但仍慶幸《書歲月的臉》能及時出版，正是「時光不老，文學不休」！

侯勝博（亞洲頭頸部腫瘤醫學會理事長／耳鼻喉頭頸外科醫師）

·喜聞淑如老師的臉書PO文，終於要結集出版了，真的是滿心雀躍！她的PO文不僅圖文並茂，而且內容包羅萬象，文筆彷若行雲流水，寫出來的文章常常有一股魔力，引人入勝！而她就像個文字的小精靈一樣，傳遞出許多的正能量！在她分享的文章中，無論是讀書、旅遊、聚會或是親情、友情、師生之情乃至夫妻之情在她的筆下，都成了人人羨慕的桃花源。

尤其，她常常信手拈來，引用古詩詞套入描繪的情境中，讓人不得不讚嘆淑如老師的文學底蘊真的是太深厚了！

柳秀華（僑仁國小退休教師／兒子小學老師）

·淑如老師中學時就開始編輯《綠天》，擔任教職時編輯《明道文藝》，退休後透過臉書與門生故舊在網上編輯人生故事。老師是終身學習典範，閱讀運動推手，祝賀《書歲

月的臉》即將出版，等待拜讀中……

汪大久（明道中學校長）

·林老師是我所認識的朋友中最懂得爲記憶織錦的心靈捕手。身爲她的臉書讀者，我總是享受著她用細膩的文字讓生命穿越時空所激盪的溫度與感動。出書的此刻，除了祝賀，更爲廣大讀者慶幸。

林雯琪（明道中學副校長）

·淑如老師是我三十多年的同事，因此她文情並茂的臉書貼文往往引起我內心的共鳴。閱讀她的故事，不管是親情、友情或師生情誼，我都感受到她的至誠與赤子之心的情懷。相信《書歲月的臉》必能爲你帶來心靈的悸動！

曾麗娟（明道中學退休高中部主任）

·一雙眼能看透幾多事？
一支筆能駐寫多久的驛動歲月？
一顆心能遞送多遠的幸福？
閱讀老師的臉書，就像讀一本實體書，讀書讀己讀人生讀的是幸福！
老師紀錄浮世，如實眞確，記書記人記事記隨身幸福，非祇珠璣且字字溫暖，請接收！

孫素貞（明道中學退休國文教師）

·離開編輯檯的淑如老師，開始編輯自己的故事了，那種很沉很密，經過時光豐滿，終於蓊鬱扶疏，有無中帶來一陣薄薄酒釀氣味的故事，很讓我回想起許多午後，日色曬過綠紗窗，將膝前閱讀的紙卷烘得溫滑的美麗往事。祝福老師。

曾柏勳（明道中學高中部國文科總召）

·如果你沒空讀書，無法參加三餘讀書會，

強力推薦你閱覽林淑如老師的臉書。有鉅細靡遺的讀書會過程書寫；有推陳出新的延伸閱讀；更有優美動人的辭藻深中人心。

千呼萬喚，淑如老師終於要出書了，能有機會表達雀躍之情，榮幸之至！

陳聯華（明道高中國文教師）

·林老師是我的偶像。

她永遠燦笑迎人，以溫暖的文字分享生活智慧與文學素養；

我於民國七十六年到明道，有緣認識老師，受到老師的鼓勵與照顧；

九十一年離開明道，多年後，得以在臉書與老師重逢續緣。

如今老師的作品即將成書出版，我引頸企盼，願領簽書會號碼牌，期待早日現場聆聽老師的寫作妙方。

張淑慈（忠明高中國文教師）

·從高中起，淑如給人的印象就是文藝少女——才氣型、會寫文章的文藝愛好者。想不到，經過「由你玩四年」的大學，又當了老師，還是散發著文學氣質；後來做了編輯，更不必說了，每日與文字爲伍，文學就是她的志業。更難得的是，退休了，優遊四海、進出廚房，仍然談文論藝，書寫不輟，且能結集出書，眞是把文學當日常，且老而彌堅，令人佩服！

陳憲仁（《明道文藝》前社長）

·朋友的守護者～淑如老師

「御守」是祈禱者的護身符。在日文中的意思是「守護」，我們可以看到神社或寺院提供各種不同顏色與形狀的御守。

而在我與林淑如老師相識相知的數十年來，我感覺她幾乎就是人與人之間很重要的「御守」。因爲她有很美妙的一手文筆，於我與

她在明道文藝任編輯同事的生涯裡，我們同仁公認她的文筆是溫暖甚至煽情的，因爲她可以把很簡單的人事物寫得非常感性；而她又非常熱情，願意多關心周遭，經常可以看到我們沒有感受到的點點滴滴。比如一起聚餐她會很認眞拍下每一道菜的擺盤，似乎把色香味都攝受了起來、會跟每一位朋友周到的聊天，以致人脈非常的廣闊！

她在工作上表現出色，家庭幸福美滿，先生、兒女都是社會菁英。這樣一位樂於守護認識與不認識的人們的生活作家，如今把她豐富的臉書集結成書，眞是我們的幸福！這本書就眞的可以放在案頭，成爲我們可以翻閱、增長智慧的眞正「御守」！

鄭彩仁（《明道文藝》前編輯）

．淑如老師是我喜歡的寫手。當年在職時，讀她文字總是安安靜靜，像台中我居家旁的，不喧譁的潺湲小綠川，悠悠緩緩，自在從容。

老師退休後，是轉進，更是嚐鮮吧？六合之內，臉書之上，支筆是無處不到的；像遠寫丹佛女兒一家、千禧輪的海天遊蹤，近則牽戀台灣一角隅的林口或者烏日……她高看一眼，美麗與哀愁，筆觸間，溫柔了一切。

馬奎斯在《百年孤寂》上說：「生命不只是一個人曾經的歲月而已，而是他用什麼方法記住它，又如何將它訴說出來。」人生是一本書，而淑如老師這本書很好看。

鄭健立（《明道文藝》前編輯）

．「你快樂嗎？」這個問題對現代人來說，應該已有些難度。若繼續追問：「你的快樂是眞正的快樂嗎？」恐怕就無解了！

眞正的快樂是什麼呢？《幽夢影》這本書給了很好的答案：「人莫樂於閒！非無所事事

之謂也。閒則能讀書，閒則能遊名勝，閒則能交益友，閒則能飲酒，閒則能著書，天下之樂孰大於是！」淑如老師退休有閒，如不繫之舟馭九萬里風，擁親情遊名勝，攬知交設讀書會，如今又將這至樂集結成書，與衆樂樂，眞可謂天下之樂孰大於是了！

有幸爲此書寫推薦，若您問我「你的快樂是眞正的快樂嗎？」我會毫不猶豫地說「是！」

盧先志（高師大附中國文教師／《明道文藝》前編輯）

·爲了與時俱進、永保年輕，我每天都會上臉書滑動一下，和這個世代的年輕人在一起，了解他們的世界，也感受他們的未來。淑如老師的臉書記錄就像一本時尚雜誌，多元文化、旅行記趣、人文風采，也是我精彩閱讀與按讚的臉友，如今，更是勁爆又前衛，她不但記錄臉書，經營臉書，還要將這兩年的精華集結出書，更是讓我深感佩服與支持。

淑如老師文學素養一向衆所皆知，她非常用心書寫每一篇文章，豐富的照片帶領讀者深入其境，以她在明道中學的優異教職表現，還有明道文藝編輯的豐富資歷，期待她的新書出版讓更多人看到：一個用心生活的人，她的生命是豐富多彩和美麗動人的，祝福她新書發表圓滿成功。

楊秀蘭（三餘讀書會創會長）

·「問渠哪得清如許？爲有源頭活水來。」（朱熹）讀淑如老師的文章如同有源源不絕的「活水」湧出，滋潤衆人的心靈，傳承給所有閱讀者，使閱讀者因這「活水」的湧動，也能寫出一篇篇的文章，「文學之泉」得以綿延！

黃詩雯（二十三屆三餘讀書會會長）

·「文學不死，只需發現」，淑如的臉書處處可見文學，她在油鹽醬醋茶與起承轉合間游刃有餘，她拿起鍋鏟和打鍵盤的手一樣精巧，她駕馭文字的能力和文創巧思一樣出神入化，她的引經據典和用字遣詞信手拈來。

淑如與我，亦師亦友，我們非常的不同，我讀數學，她唸中文，我可以一台車凸歸台灣，山窮水盡疑無路，柳暗花明又一村，她卻是只要左轉右轉後，就迷路了，我可以「上窮碧落下黃泉」，她卻「兩處茫茫皆不見」，連過馬路都危機重重，我先生鍾永有說「她算不出車子、自己走路速度與馬路寬度的相對關係」。

我們又是多麼相同，生肖屬鼠，金牛座，都是鍵人，喜歡敲打鍵盤，對文字調兵遣將，悠遊在詩、散文、小說、戲劇與電影的浩瀚殿堂裡。

她博覽群書，在文學領域裡，她是掌舵人，方向清晰明確，當我陷在文字迷津裡，她就是那一道光。

李明蘭（三餘讀書會第十五屆會長）

·文學的心，美善的眼，舒暢有情的筆！

初識老師在三餘讀書會，老師分享書籍內容與心得總是精闢廣博娓娓生動，讓人聽了欲罷不能；

這樣一顆文學心的淑如老師，日常生活遊於詩書之外，也熱愛自然與藝術之美，臉書中可見老師對家事國事事事關心，家人朋友書友學生處處顯愛，美善的心，如春風徐徐，暖心慰人。

每個月三餘的會前會，例會後，老師總是健筆如風，快速貼文，讓會友們如臨讀書現場。理性詳實的紀錄，融入文學感性的情思，我們的文學饗宴因爲淑如老師的引導與報導貼文，更充實與豐碩。

悠遊文學世界，傳愛於世間人心，《書歲月的臉》處處有愛，時時有情！

盧志文（退休國小教師／三餘會友）

．我在三餘讀書會認識淑如老師，當年度若有重量級的文學作品，每每由淑如老師來導讀，淑如老師導讀的晚上必然是一場文學饗宴，當月的讀書會便成爲行事曆上一個令人期待的日子。

之後我較少在三餘，臉書則成了我們之間的聯繫。

許多偉大的藝術創作來自於創作者的生活，文學也是。

透過淑如老師的臉書，得以一窺一個文學創作者的日常，閱讀她生活裡的小故事，教我如何書寫，也教我如何生活。

吳秉謙（Roger Wu婚禮攝影／自助婚紗擔任wedding& Portrait Photographer）

．與淑如老師結緣於三餘讀書會，每次的導讀與分享深入淺出能讓人反復回味，她是明道中學退休國文老師，淑如老師fb的每篇文章，幾乎都細細的品味過，對週遭人物的愛，生活所在的情，集結於她的心，圖文並茂成爲一篇篇佳作，在心靈深處總能留下深刻的感動，常常激勵她把文章彙集成書出版，分享給更多的朋友欣賞，欣然樂見這呼之欲出的一本書——《書歲月的臉》終將誕生問世。

蔡秀縫（樂韻合唱團團長／曾是三餘會友）

．能成爲淑如老師的臉友及文友是一項值得開心的事。

涓涓細流，緩緩流深，款款情長是「淑如體」的特質，文字輕重有節，曲速隨意流暢的述說，讓我們彷彿走入了淑如老師的世界，也成爲她迷人散文人生的參與者。

雖然實際生活中並沒有太多的交集，但在過往幾次會面中，每每有多重的收穫。印象最深刻的一次是獲邀參加淑如老師家中傳承的麵粉廠參觀，在那次實際的接觸後，對於淑如老師家族勤奮創新的樣貌有了更爲具體的感受。待人親切、言之有物的她，和我一樣充滿了對於未知事物的好奇與熱誠，所以一趟麵粉廠之旅也能載滿了歡樂與知識含金量。

欣見淑如老師將臉書的精采好文集結成冊，這將是一本令人回味再三，收穫良多的好書！

張筱君（尚群診所院長／七七讀書會）

．每讀淑如老師的文章，總對她細緻描繪，以長足毅力記下「不捨時間偷走」的一刻，極爲佩服。FB是時代贈與我們的時光小盒，我們寄存所愛，以後下酒。淑如老師的文字是贈與家人與朋友一把以愛打造，開盒的鑰匙。

陳玫芳（玩具設計師／七七前會長）

．不以詰屈聱牙的文字，彰顯專業的中文造詣；溫暖的筆觸引領讀者以文學視角，觀察人與自然、深度遊歷海內外，並吸取她閱讀書籍後的精闢心得。

如綜合維他命的均衡養分，淑如老師的書寫，供給了閱讀者多方面的心靈所需。

陳雪鴻（國小退休教師／七七讀書會）

．淑如老師參加蘭馨的這些日子，總讓我對她留下深刻的印象。在她身上總是散發一種溫文儒雅的氣質，無論是在社團做慈善活動或者大家歡樂出遊之際，我們總會看到淑如老師默默在旁攝影捕捉各位會姐倩影，想把日常美好的事物記錄起來，作爲日後回憶的養分，平時她喜歡把所見所想所思，透過文字敍述來描述，那日時光在她筆下仍如昨日一般清晰。受到姐妹們喜愛與推崇，這次她終於在姐妹簇擁下出書跟大家分享。作爲讀者的我們終能一飽眼福。

陳秀如（台灣省國際蘭馨交流協會前理事長陳秀如博士）

．欣聞淑如好友要將過去兩年在臉書上的作品集結成書，身爲「如粉」的我立馬按讚。淑如是我淡江大學西班牙文系一年級同窗。還記得大二開學那天，班上男同學發現人如其名，像淑女一樣的淑如不見時，心情都很複雜，有種被拋棄的感覺。當時我們考上西班牙文系都不是因爲仰慕西班牙文化，或想學這全球第三大語言，而純粹是「分數巧合」，既然是巧合大家就把它當做美麗，認命接受。但淑如就不一樣，她知道自己的興趣和目標，毅然轉到中文系，雖然傷了我們的心，但以結果論來看，淑如後來在文壇如魚得水，發光發熱，當年的決定絕對是明智的。因爲是「如粉」，她在臉書上的每篇文章我都拜讀。淑如的臉書貼文都不是打卡式的流水帳，她都先作足功課，引經據典，每次看完她的文章的感覺就是「又長知識了」。我迫不及待淑如的新書發表。

劉坤原（中央社前駐美國華府分社主任／淡江大學教授）

．以前在臉書拜讀淑如老師的作品，便曾慫恿她「可以結集出書了」，沒想到現在終於成眞了。

淑如老師有一支靈動的文筆，信手拈來，都成佳作，永遠不擔心詞窮。淑如老師又擁有豐沛的善感情懷，身邊看似平凡的人事物，在她帶有感情的筆鋒下，都變成了不平凡。

讀了這本書，相信讀者一定可以充分感受淑如老師的文字魅力與纖細多情的心靈。

林福助（明道中學退休國文教師／淡大同學）

・這個總是笑咪咪的嬌小女人站到你面前時，你可以很快把她打量完畢，不過你若與她成爲朋友，她的深厚內涵，卻像一個寶石礦坑，深不見底呀！她對生活與人群，對家人與朋友，充滿熱情與動力，然後將一切細節，凝聚於筆尖精煉成文字，華麗醇厚如美酒，優雅雋永似溪流，每一個篇章，總令人咀嚼再三韻味無窮。恭喜淑如，出版這本遲來的書，妳早就是我們心目中最優秀的作家了。

沈嘉瑩（退休高中國文教師／淡大同學）

・當年初一開學時，迎見大學生般初任教的國文老師，想望傾慕的大姐姐般的溫柔秀婉；淑如老師曾經指點大手大腳的青澀女學生，甩腕寫字時該收斂些。

很多年後在明道文藝社遇到中年淑如老師，杏壇深耕又家庭和美，寧靜睿智中散發著關愛眼神……對那些剛開始在江湖中沉浮的老學生。

將近半世紀後，再見已然享受退休生活、更成爲網紅健筆的淑如老師，依舊愛心滿滿願意傾聽……咱們這些也走過紅塵的明道學生。

二〇二一恭賀淑如老師集結筆耕收成，感念有愛相陪，師生攜手展望……生命中無盡緣分。

汪荷清（學生／明道文教基金會董事）

・追蹤淑如老師的臉書，是一種交揉著「羨慕、嫉妒、恨」的品讀體驗：

我羨慕～老師的優雅心性及慧眼巧筆，讓閱讀旅遊品茶賞花及日常生活，如詩歌般宜人；
我嫉妒～奇緣妙分好像總發生在老師的身上，學生親戚故舊，如戲歷歷般精彩；
至於恨～則是恨自己不如老師的體力活力與精力，恨自己不如老師勤於拍照、整理、寫作……
恭喜老師出書，請繼續讓我「羨慕、嫉妒、恨」下去。

謝富名（學生／前外商銀行主管）

・淑如老師是我的文學啟蒙恩師，透過老師的臉書文字，才知道老師的溫柔敦厚不獨厚一人，撒遍她的學生、故友、親人。透過網路，距離不是問題，春風徐徐不息。謝謝老師的生花妙筆，讓片刻成爲永恆，眞實展現了時光的煉金術。

王宗雄（學生／臺灣新北地方檢察署檢察官）

・最早玩臉書單純是種田偷菜，孰料竟讓我和高一國文老師林淑如重逢，更開心的是，老師的臉書將成紙本出版。
謝謝老師，退休後這幾年用臉書寫故事，在社群充斥假訊息與偏見的年代，閱讀老師的文字，只有越看越溫暖。
幸好，是老師的臉友，眞好，當老師的學生。

李乾元（金融公關／前蘋果日報副總編輯）

・淑如老師是我的授業恩師。
其文章如爲人，令人如沐春風、清新雋永。平凡歲月中紀錄下深刻的體悟與心得，譜出樂音悠揚的生命之歌。
凡人變異，惟愛永恆。

賴閔聰（彰化縣立成功高中歷史專任教師）

·在字裡行間，有親情，有愛情，有友情；也充滿了感謝、緬懷、思念、喜樂等種種纖細情感。讓我們能跟著一起翻閱人生的相簿，用心沉浸在各種情感當中。在這腳步匆忙的時代中，我看到了淑如老師盡情享受每個當下的充實和愉快。昨天是歷史，明天仍未知，當下才是珍貴的幸福。

何慧真（學生／金融業）

·淑如老師以豐富柔美的辭藻描繪生活日常的你我他，在她筆下的人事物有風有雨有陽光，也有淚水與歡笑。文中所見所聞都是老師用生命觀照下的薈萃精華，是提昇正能量的催化劑。

鄧如柏（學生／加拿大慈濟列治文人文學校退休校長）

·欣聞高中恩師要出書，眞是高興。老師退休後在臉書上筆耕不輟，每一篇生花妙筆，都是平淡生活中的一抹雲霞，讓人佩服老師滿溢的活力，以柔軟的心悠遊塵囂。所思所感，細膩而深刻，在教室外，再造文學風景。

陳明群（學生／明道中學訓育組長）

·淑如老師是我的國文啟蒙老師，她本身的國學涵養與中文造詣更是我終生學習的榜樣。很高興老師願意把這些年在臉書上發表的日常觀察與人生感悟集結成冊，與更多讀者分享。相信大家都能透過老師的生花妙筆體驗到文字之美與生活的五彩繽紛。

賴惠鈴（學生／譯者）

·我是淑如老師第一屆的導生，人生走來，同行快五十年，現在是亦師亦友了。她不止是經師，還是影響我許多觀念的人師。愛和榜樣的樹立，讓我也成爲不斷回饋社會的一員，聽聞她要出書，我馬上預購一百本，廣爲傳播她心中的善念，在此我很願意推薦這支「潛力股」。

蕭明道（學生／股市分析大師）

·記得高中時的我，每天被層層疊疊的考試卷壓得喘不過氣！所幸有淑如老師在寫作上的鼓勵與指導，開啟我的另一扇文學之窗，養成閱讀的習慣、紓解了聯考的壓力。而這些年來，在職場高壓快節奏的環境裡，也幸好有淑如老師的臉書文章陪伴，讓我可放慢腳步，跟著老師的視角去遨遊世界，藉由她心思細膩、博古覽今的文筆，及以對萬物豐沛的愛，抒發她對朋友、家人兒女、夫妻之間濃郁的情感及人生的體悟，就像是她用心沏了一壺好茶，讓我們可以細細品味其中的甘甜、苦澀，感謝老師這一路上的指引和佳文陪伴，讓我更「無憂無懼」面對人生的挑戰！

陳銘宏（學生／國泰世華銀行 客戶關係經理）

·林淑如老師是我的恩師，也是師道的典範，我因國中時擔任《明道文藝》校園實習記者，有幸受教於老師，她的鼓勵與指導，使我對寫作產生信心、奠定良好的基礎，老師對我付出的許多關懷，更是點滴在心頭，三言兩語實難以道盡。今日我成爲培訓記者的老師，心中仍常以老師爲典範，期許自己能以老師溫煦春陽般的態度對待學生、爲國育才。老師妙筆生花，退而不休，她將閱歷與智慧化爲生動的文字，紀錄下人間許多眞善美的時刻，作品卽將出書，乃是衆所期待，篇篇文字都是令人感動的生命樂章。

林怡潔（學生／國立政治大學新聞系副教授）

·讀淑如老師的臉書文章是種享受

沒有惱人又複雜的政治攻防，也沒有心機計算，篇章裡的主角或是市場裡的親切小販、並肩合作數十年的編輯同事、畢業很久但仍心懷感恩的學生、或是祖孫三代的日常，老師以她的文學素養，冬陽般娓娓述寫平凡中的溫暖。

老師說要出書好幾次、好幾年，拜疫情的影響？終於得空完成，實閱書人的福氣！

黃潔麗（學生／高中英文老師退休）

·閱讀老師在FB所分享的任何事，完全印證，「心美世界到處都美」。

眼中看到的是美景，耳中聽到的是美言，心中想到的是美事

跟著老師的文章去旅行，你會看到

老師神采奕奕的面容和熱愛生活的態度，

跟著老師的文章去閱讀，你會佩服

老師對任何事情都有獨特的見解。

十七歲時，老師是我的偶像，

至今三十九年了，我依舊是老師的鐵粉。

陳玲汝（學生／日月知識公司 執行長）

·回憶青澀苦悶的中學時代，誤入數理資優班。但數理其實不靈光的我，只有在淑如老師的國文課裡才能獲得學習的快樂、信心的救贖。猶記得淑如老師一手娟逸又瀟灑的板書，那行雲流水的字跡化成紅墨，批在我的作文簿上，依然悅目。但更喜歡的是閱讀老師花了心思留下的評語，是肯定的讚美也好，是回應文字的對談也好，多年之後自己也當了老師，才瞭解當年我的老師有多麼投入。

不擅長保持聯絡的我，在畢業多年之後，透過社群網站再度與老師連結，成為網友，也成為老師隨筆的讀者。淑如老師擅長紀錄生

活，側寫人物。無論是記一段行旅，或是記一位緣繫半生的老友舊生，都如高山烏龍般地雋永甘甜。猶如朝花夕拾，餘韻悠遠，且願老師的書寫如明朝之花開不斷，歲歲年年。

林奇秀（學生／台大圖資系教授兼系主任）

·我的姑姑林淑如，在臉書的文章包羅萬象，不論是人物、美食的介紹、景色的敘述、書籍的解讀，都能引用古人的詩詞來註解，內容涵蓋正能量。她持續寫了幾年，終於結成文集出版，這將是相當有特色的書，值得推薦。

林宗民（姪子／美空軍電腦通訊管理退休）

·如果，書寫文章是一種文字排列組合的遊戲，那麼，淑如老師肯定是這個遊戲中的佼佼者。

我與淑如老師相識在我的人生起點，那個眼睛還沒有完全的睜開，發出來的聲音只有哭聲的階段。

因爲，她是我的三姑。

漸漸的，我的哭聲開始有了依樣畫葫蘆的模仿能力。從「床前明月光」只發出個光字，到背出一首首的五言絕句，在三代同堂的家裡，三姑無非是我的中文啟蒙老師。

也許就是因爲有了這樣的啟蒙，這才奠定了我在台灣國中休學、移民美國後，或多或少還能維持基本的中文程度。也因爲有了這樣的基本程度，在現在這種無國界的網路世界裡，我依然可以在地球的另一端享受著三姑文字上的滋潤，欣賞著她在文字上排列組合的無瑕功力，以及繼續被她文字中的智慧薰陶著。

如果說書寫文章是用文字在刻畫人生，那麼，三姑一篇篇動人的文章，勾勒出來的是

一張張人生的臉，有笑，有淚，有喜，有憂，眞誠的臉。

林宗欣（姪女／美國新澤西州物理治療師）

・作者林淑如，是我小時候的作文老師、也是我的姑婆。她的文字溫暖而豐富，情感深刻而自然，一篇篇短述，像一道道小閘般，爲無情流逝的歲月，攔住那些有情的事物，令人讀之興味盎然，讀後深思感懷。

李柏青（姪孫／作家／律師）

・作者是我的小阿姨，她是母親六個兄弟姐妹中最小的一個，或許是家中老么的緣故，她總是永遠開朗熱情，在家族聚會中穿梭招呼，扮演著連結者的角色！

近幾年來，隨著網路社群的發達，阿姨更把臉書當成寫日記的工具，除了記錄她和姨丈的日常和許多精彩讀書會的點滴，更詳實地紀錄了每一次家族聚會，留下了許多參與成員、餐點菜色的美照與許多家族成員的動向發展。在某些特殊的紀念日當天，她的貼文中會跳出許多古老泛黃的照片加上文情並茂的文字，喚醒我們對先人的記憶與思念。

阿姨的臉書貼文就像一條條的線，連結了散居各地甚至旅居海外的每一個家族成員的心，相信讀者在閱讀本書時，也能輕易地被字裡行間流露的眞摯情感打動。

侯政（外甥／前外商銀行總經理）

自序——有愛的春天，不會天黑

林淑如

成功和金錢都不能保證帶給我們快樂，快樂來自於和我們關心以及關心我們的人相處，包括家人和朋友，從中，學會感恩和欣賞是快樂的關鍵……

我的教書生涯快樂、平順，一直與單純的學生相處；後24年，我又是躲在小辦公室編《明道文藝》的編輯，歲月無驚悄悄過，日日我汲取文學養料，閉鎖在風花雪月的世界裡，幸運地躲過驚滔駭浪的人事糾葛；加上婚姻這條路上，有個愛我、護我無微不至，深怕我會迷失方向的先生，天天我們守著不會降溫的陽光、守著美好家園；從好的方面來看，我是關在象牙塔裡的女人，也許心裡永遠住著長不大的女孩，單純直白、不知民間疾苦；從壞的方面來看，我少的是社會化的成熟，與俗世推移應對的技巧，但慶幸，少了一條敏感神經的我，接收到的快樂訊息總超過痛苦。

於是，儘管每一個日子紀錄的當下，在情緒的k線圖上也有起伏，但最後我會留住它的，只有「溫度」兩個字。

喜歡和有溫度的人、事、物在一起……

生年不滿百，常懷千歲憂……人生幾何？譬如朝露，去日苦多。慨當以慷，忘去憂思，何以解憂？不止杜康！還有四季更迭的佳興、與朋友論書的樂趣、海天遊蹤

的自在、返老回童的娛孫術、與陌生生命邂逅的驚喜指數……都讓日子在微妙的互動間、在每個生命的轉彎處，遇見美麗。

那麼，即使，歲月無情，一天天匆匆趕路，我卻像個調皮的孩子，蹲坐在歲月之流旁，用雙手去攔截流過的漂流物，關於詩意的落花、承載記憶的葉片……讓生命之舟總承載繽紛。

其實，從二〇〇九年至今，我在臉書上的紀錄不斷，留著十多年來歲月一點一滴流去的聲音和影像。我疏於梳理浩瀚的回憶；卻又貪心地放不過每個當下和不斷向我奔來的美好未來，注定，要做個終身敲鍵人，在曦微的晨間與鳥共鳴；在深黑的夜闌與蛙共語……

選文對我來說是困難的，於是，用日記體呈現，也算是一種偷懶的方式。以對我來說不可思議的二〇一九和疫情肆虐、憂喜參半的二〇二〇先做個結集，無疑的，這是一本：抒寫無情歲月中有情人間的書，也算是完成許多朋友對我出書的期待。

感謝這次百忙中爲我寫推薦序的至親好友們，這不只是有溫度的書寫，你們的熱情，燃燒出我如畫般絢爛的暮色；而所有支持我的臉友們，你送給我的是人間最美的春天，

——有愛的春天，不會天黑。

目錄

重拾採橘記憶，復刻同樣的幸福……

一月一日（在周家庭園及石岡山上採橘記）

有一次要出門，先生還是穿上二十年前明道中學大概校慶吧，分發給教師們（我）的那件灰、藍中帶橘色塊的夾克，他一直喜歡這件薄薄的老舊夾克。我勸他：換一件吧！以免相片都分不出是哪時照的？我說：這件衣服都穿一、二十年了，而你有滿櫃的新衣（包括兒、女送的名牌……）爲何不穿？

接下來，他的回答，讓我啞口無言。

他說：有必要嗎？娶妳都四十多年了，卽使老舊，也不想換啊……

也許愛眞的不是熱情、不是新奇，不過是歲月，年深月久成了生活的一部分。

張愛玲早透視許多夫妻間的不甘平淡，她說：

「感情原來是這麼脆弱的。經得起風雨，卻經不起平凡……」

但平凡、不斷的重複……其實就是生活的本質。

春去秋來、日升月落、花開花謝……大自然之景交替放映，我們也沒看厭，所以對重遊一個景點、重聚一些熟識臉孔，我永遠有那初始的熱情，願復刻一次又一次的幸福感覺。

二〇一八年的元旦，第一次上裕雄（我第一屆學生）石岡山上的橘園。橘子紅了！滿山遍野一片喜氣的紅，我們興奮地挑選最大的橘子，捧在手心、抱在懷裡，感受甜甜蜜蜜的幸福！裕雄三甲地的橘園裡，臍橙搶頭香，結出最大的果實，當然還有幾棵砂糖橘樹，樹上掛著累累嬌小可愛如夜燈炮的橘子，大有小兵立大功的架勢，等待我們青睞……看來只有日本種的茂谷柑，姿態最拿俏，要到舊曆年左右才會盛產，便可抬高身價。那天，我們對塗著白白SK2的橘子好奇；那天，我對掉了滿地的紅橘心疼，但據說這些犧牲的果子是「化作春泥更護橘」，有疏果作用，幫助樹上那些勇士橘子長得更大！這可能是大自然法則吧！然後裕雄送同學每人十斤一箱的臍橙，老師的我當然是兩箱囉。常常感恩學生對我的好，我要回報他們，最常聽到的話是：「老師，你請客，我們付錢！」或是：「送老師的東西永不嫌貴！」「能請到老師，是我最大的光榮」……何德何能？

學生是我最大的財富！

沿著去年的路徑，今年又走了一遍，除了日期一模一樣（一月一日），只是時序是一年後的二〇一九。

同樣的石岡山上果園，同樣溫暖的冬陽，撒在我們俯瞰下的石岡水壩和環繞的青山綠水，遠空是依然湛藍的天和悠悠白雲，幾乎一樣的人群（除一、兩個出國沒跟上）。奔馳在緩坡道上，兩旁一串串的橘子垂掛，渲染成一片綠意中的喜氣金黃，年關到了！也在多處同樣的地點，留下我與橘子與他的合照。

「歲歲年年橘相似，年年歲歲人不同」跟去年在此的相片一比，我好像皺紋又增添不少……但願我的智慧也增添不少，我這樣安慰自己。

和去年一樣。周家（學生裕雄鄰居好友）美麗庭園的下午茶自是免不了，女主人名字「庭華」，注定是庭園理花高手。只是春天未到，我們在等杜鵑花、櫻花、梔子花、紫藤花……的燦放，那是一種盼望；卻在這季節賞到「台灣阿嬤」原生種的蘭花、驚豔於一株粉白的「水晶玻璃茶花」——只爲這株稀有種類的茶花而來，美麗的花兒，妳在等我嗎？

我又帶著幾箱的臍橙回到烏日的家。

臍橙甜蜜多汁，它的種子從夏秋走來，沐浴過金黃陽光、承接甘霖雨露、以及裕雄和他的工人用汗水澆灌，終於來到「橙紅橘綠」時節……

我吃著切成一片片的橙橘時，想到一個浪漫的三角戀愛，關於宋徽宗、李師師和周邦彥的故事：

有一次，徽宗到李師師家，正碰巧周邦彥也在那裡，聽說皇帝來了，百忙中無處可藏，只好躲到床底下，徽宗並不知道。當日徽宗因身體欠佳，送給師師一個鮮橙後就想回宮，師師假意挽留說：「現已三更，馬滑霜濃，龍體要緊」。但宋徽宗還是走了。周邦彥聽後就填了這首詞：

「并刀如水，吳鹽勝雪，纖指破新橙……」好個李師師「纖指破新橙」！多美的鏡頭，被床底下的詞人周邦彥偷窺填詞，卻因被李師師不小心吟誦，讓宋徽宗聽到而醋勁大發，把周邦彥貶出汴京……

哈哈，我從橙未免想得太遠了，但這不也是我的幸福啊，你能有這麼多故事在腦海中嗎？

元旦，和去年一樣，以採橘開端，我想今年肯定又是大吉大利吧，希望年年如此，復刻幸福，這樣的Repeat，你喜歡嗎？

這樣美好的一天，閱讀毓繡美術館……

一月四日

若非有秀英領隊，我還不知道在南投九九峰附近的樸實田野間，會構築出一處藝術文化地景——毓繡美術館，是由企業家侯英蓂、葉毓繡夫婦所創辦。以「當代寫實藝術」爲設館宗旨，爲社會大衆推介國內外重要的當代寫實藝術。也就是讓大家在鄉野間，看見國際！

這座以清水工坊施作的美術館，曾獲二〇一六年台灣建築首獎（建築師是廖偉立），以傳統園林「一阻，二引，三通」的配置原則爲靈思。遊園時，只見一面面素樸清水牆、一層層方框的廊道、水清見底的池子、別具風味的露台……還有天光雲影、林樹群花、遠山起伏……相映成趣，時而柳暗、時而花明，讓人每轉過一個彎就見一個驚喜。

今天展出的是：現代大陸旅美畫家王勝的油畫作品，他擅畫枯萎的向日葵，向日葵永遠仰望太陽般的領導者。但整片枯萎的向日葵，代表文化大革命被摧殘的普羅大衆，帶著悲摧之感。圖中雖以西方女子爲畫之主角，但在色彩絢麗的畫幅中，卻隱藏著許多小小的中國仕女，你若不仔細尋找，還很難發現呢，那是作者流寓國外，要凸

顯他的東方元素，表示他是東方人。還有他喜歡畫船

——大概船可以載著他的夢、回到他朝思暮想的故鄉吧！

因爲全館不能攝影，我們幾個師生努力記下牆上的字句，那是王勝的創作理念：

藝術像是一個過濾器，篩出創作者所選擇的，

同時產生了模糊性和神祕感，

這種釐不清的狀態

反而讓藝術的眞實性更加美好。

冬日剪影~行腳匆匆的過客

一月十四日

天地，萬物之逆旅；光陰，百代之過客！

我的行腳在冬陽下依然匆匆，如馬蹄達達的過客……等到卸下滿身的疲憊，心還在掏著行囊裡的美麗，也許是我製造回憶的能力遠超過記錄的速度……

這次決定挑戰自己「割捨」的能力，就快速留住一些浮光掠影吧！

其實「簡單」對我來說還眞不簡單，但現在只有「割愛」了！

放棄「美目盼兮、巧笑倩兮」的描摹，只留下側臉的剪影，或許你也會喜歡呢。

1.有關廣先生的暖心咖啡~一月三日

一個月一次，廣先生請我們到他家喝最新烘焙好的豆子煮出的暖心咖啡。

正如希臘語「Kaweh」（咖啡）的原意「力量與熱情」。每次看到他壯碩的背影忙著磨豆子、煮咖啡、打奶泡、拉花……成就一杯漂亮的latte（拿鐵）時，我會心生感動，百鍊鋼化成繞指柔，粗獷中有細緻的浪漫~

然後，用牛皮紙袋封好大約六兩重的咖啡豆，標上咖啡品名和日期送給我。他

不是限量供貨，只是限期要我們趁新鮮喝完，再到他家去取不同種的咖啡豆，我無法一一記住喝過他送的多少種類的咖啡豆，只知巴拿馬藝伎讓我們有期待；牙買加藍山足以驕友；馬拉威豆讓先生陷入「在他鄉為異客」的悲喜（他七十二到七十四年，外放該國當農技團水利工程師）；衣索匹亞耶加雪菲、肯亞、哥倫比亞、義式豆⋯⋯無限的想像給每一種天涯山巔上不同膚色的採豆工人，那渾圓中帶點血汗辛勞的豆子啊，在我家每個下午，和他悠閒對飲時～

都會讓我想起廣先生的善意，一種暖心的幸福感便油然升起⋯⋯

2.有關家聚的暖流～一月六日

兩個月一次的家聚，因第一代兄、姊的凋零，主辦人有的轉移到第二代姪、甥輩上，第二代年輕人（其實也不算年輕，都到中年了）在事業上的忙碌——我們的聚會便常延期或合併舉辦，才知在忙碌的時代，要一個大家庭的子子孫孫永續畫上滿滿的圓，並不那麼容易！

二〇一九年一月的家聚，作東的兩個外甥竟都缺席了：一個出差墨西哥、一個因腦膜瘤動刀後正休養中；而第三代的中、小學生，正碰上期末考前夕，只得請假囉！還好家族人不算少，湊一湊也有滿滿兩桌。讓我們珍惜今天的聚會，親情會融化冬天的寒意、擊退現實的冷酷，它永遠是流過心田的一股暖流⋯⋯

3.橘色的冬陽下～一月十日

好東西肯定要與好朋友分享——這是我的樂善好施。

先去周家下午茶，咖啡、茶、點心、水果……應有盡有，我們卻更鍾愛那片篩落冬陽的綠色草地。讀書會的美女們，包括惠珠帶來的兩個漂亮CBC（加拿大生的）姪女，在草地上跳著、坐著、三個、兩個、排著整隊的……姊妹們擺出千嬌百媚的Pose，讓冬天的庭園開遍美人花，臉上的笑靨像極燦然盛開的楓葉，在微風中翩翩起舞，我真懷疑這是冬天嗎？

然後上山採橘，學生裕雄的果園，一望無際的橘色點點，和今天豔麗的冬陽輝映，分不出是金黃陽光染橘了果子；還是數大的橘染紅了冬陽？

總之，在冬陽下，我們手捧大大的橘子，像是把快樂、幸福也從滿園中掬進胸懷，這個美麗的黃昏，連心都笑開了！

4.暫作賽德克族人，我們賞梅去～一月十二到十三日

和明群、繼瑩夫婦特別有緣，從師生到朋友，從當他們的媒人、福婆、婚禮主持人，到看他們生下一對好兒女，我們是鄰居、是同事、是話很投機的知己……總之，有緣常住！

但他們忙著行政、教學工作，案牘勞形，趁著學期末，作業檢查過後的周末日，

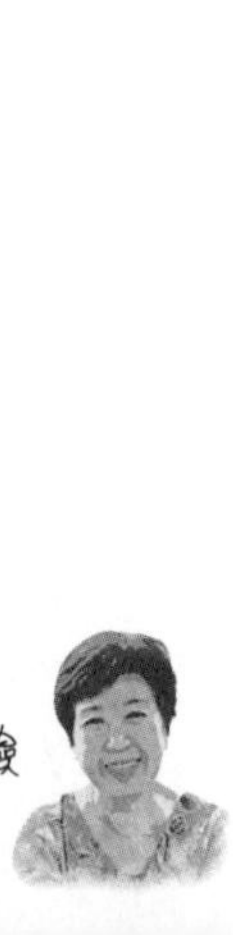

讓他們去我的心靈故鄉～清流部落走走。

在清流部落的山鷹露營區學做賽德克族人，彷彿學做武陵人一樣，自絕塵世、忘去喧囂，還唱起中古的流行歌，在歌聲裡遺忘憂愁、遺忘現實，只剩下四圍漸層暗了的山、和天空一彎上弦月，伴我們信步回到璞園山莊。

在璞園山莊的夜晚，我炒了拿手的米粉，加上清蒸大海蝦、甘蔗雞、蛤蜊湯……我們聊著教學的甘苦、聊著買房的憧憬，聊著周遭我們關心的人事物……

配上兩瓶日本清酒（松竹梅、獺祭）十三度、十六度的微醺，帶我進入美麗夢鄉。

梅花點點卻開得不好，原因是天氣不夠冷！越冷越開花的它，來不及盛放，就要凋謝，被早開的山櫻蓋過，它心有不甘似的，伸著蒼勁枝條般的手，向藍空白雲去，彷彿在訴說它被異常氣候扼殺美麗容顏的哀怨……

重回幸福港灣，找到靠岸的感覺

一月十八日（明道歲末聯歡）

一直把離開的地方稱作港灣，有一天旅遊倦了，從海上回來，希望它仍能駐停我一顆漂泊的心；夜裡，仰望它高高燈塔，指引我夢回那曾經幸福的所在。

也許你（在校同仁）還在港灣的懷抱，對著一個個離開港灣的船隻，想望他們的自由、逍遙，可你還要努力工作、還要疲累滿身，嚮往海鷗飛處、白雲故鄉……

其實這就是人生！

人生路何妨慢慢行，即使悲喜殊異，總是風景。

有一天，你的歲月也會老去，像我們一樣作別西天的雲彩，離開你的港灣。

那時，你便有我此刻的心情……

過盡千帆的旅人，想再一次重回幸福的港灣……

終於，這個港灣伸出它大大的手臂擁抱我們～明道泱泱大校，成立了退休聯誼會，還在港灣內設長期聚會的美樂地叫「同心沙龍」，一時，我找到了「靠岸」的感覺……

聯歡會好熱鬧，我們坐在57桌裡的前3桌，表示學校對退休老師們的尊重。帥氣

校長的笑靨、舊識同仁的熟稔，還有許多更年輕的生力軍老師，活絡了整個會場。年輕，眞好！充滿創意的水草舞帶動活潑的氣氛；陸、海、空三軍玩偶的逗趣；教官的耍槍表演，好帥；原住民老師好嗓的歌聲繞樑……還有炤華副校長（華仔）的現場演唱＋漂亮女老師們的伴舞，將會場帶到沸騰點；喜上加喜的是：刺激的抽獎活動，幸運神到處在找老師……喝采起於抽中現金兩萬、一萬、五千……還有空氣清淨機、東京來回機票、香港來回機票……，出錢的董事長、家長會長、校友會長、校長……雖無法得到摸彩的機會，但當他們看到老師們獲得彩金、禮品時，也笑得快樂！那眞是跟太守歐陽修《醉翁亭記》中說的一樣：

人知從太守遊而樂，而不知太守之樂其樂也！

相信一校之長，日理萬機，辛苦不下於老師，但看到今晚校長燦然的笑容，我知他是看到平日案牘勞形的老師們，終於有了輕鬆的歡樂；看到離開學校的退休老師們依然健康如昔……這個大大的教育團體，將在一片和諧、快樂的氛圍裡茁壯，也實踐了「有快樂的老師才可教出快樂的學生」的理念。

期望今年（二〇一九）十月，再次回到這幸福的港灣，共度明道中學五十週年校慶！

留住今天的雲~初四行腳

二月八日

昨天的雲，不是今天的雲；今天的雲，也必然不是明天的雲！

那麼，當你抬頭看到一片喜歡的雲時，且留住它，因爲隨著夕陽餘暉而暈紅臉頰的雲，一瞬間便會隱沒在黑幕之後，沒有聲音、沒有影子，從此遁入歷史的洪流。於是，我用相片記錄了「今天的雲」。

兩個孫子迫不及待又和親愛的爸媽回到台中，明天我們有盛大的家族聚會。

黃昏，來到附近大里的環保公園，氣溫比林口大約多了五度，不冷不熱，城市之肺的公園，美在有樹成林、有雲在天、有孩子朗朗的笑聲……

他們玩過蹺蹺板、溜過滑梯、吊過單槓……奔跑蹦跳，飛鳥般穿梭過草地、若隱若現的蝴蝶雙雙起舞……自在又逍遙！

斯時，我望向天空，霞光夕照，連雲都上了紅彩，今天這個城市不上工，天空潔淨多了，趕緊留住一片雲。

然後，夜空暗沉裡，只見一弦如鉤的微光，這是大年初四的月亮。

雲不見了，明天又將是怎樣的雲呢？

於「樹太老」日式餐廳用晚餐，享受美食、享受家人重聚的快樂，回途中，跟孫子談到流星，告訴他們若看到流星，可以許願，小的N寶馬上嘴甜地說：

我要許願：願奶奶爺爺更喜歡我！

孩子，這需要許願嗎？

你這顆小小的心靈、這個純潔的靈魂，早爲我們的大地，贏得了上天的親吻，所以，在成爲我們的家人之前，我們早已將你擁入胸懷。

E寶、N寶、H寶，一樣是我們最親愛的孫子，祈願你們快快樂樂成長！

我會牢牢記住今天美麗的雲。

一種戛然而止的無言憂傷征服了女性讀者：三餘例會閱讀王定國的《探路》

二月十一日

用朗讀來閱讀一本書，是這次例會的特點。

常在朗讀比賽中獲獎的陳聯華老師是這次的導讀，她帶引大家去朗讀王定國《探路》散文篇章中的雋永文句，那種戛然而止的憂傷，讓所有的女會友陶醉不已（今天只來了一位男性會友，不知他喜歡否？）

——也算是替導讀的方式開了另一扇不同風景的窗。

王定國的文筆就那麼淡、那麼簡靜，

像紛紛飄下的櫻花，一地落英，我們沉迷在琅琅的書聲中……

是的，朗讀很快樂！

要思考怎麼唸對吧？覺得把電腦排版字，透過你內心的聲音發出來，讓每一個聽你朗讀的人，揣摩到作者究竟要傳達什麼感情，不是很愜意的事嗎？

於是，朗讀非只屬於朗讀者的東西，聽的人也會一併進入那個世界裡。或許女性讀者更能感受到「朗讀」帶來的愉悅，因爲女人是「聽覺的動物」，一聲「我愛妳」

讓多少女性同胞甘願做牛做馬；而男性同胞是「視覺的動物」，他們善於逡巡美麗的獵物（只是個人看法，有誤，請原諒！），據說老年男人耳聾的比例甚高，因爲太太多嘮叨，先生裝聾作啞，久之，眞的聽不見囉！

其實，女性同胞擅朗讀，是不爭的事實。

我們一個接一個唸《探路》一書中的佳句，取悅自己、取悅別人。

——太太得急性胃炎，先生替她煮粥，這篇是〈秋夜煮粥〉，朗讀如下：〈……我開始爲她煮粥……我用砂鍋煮，燜它幾分鐘掀蓋一次，拿著瓷瓢輕繞著鍋底慢慢磨，彷如爲了傾注一種苦澀的情感，反覆地磨呀磨，總算提早磨出了粥糜，爛熟的氣泡聲此起彼落，宛如千百隻飢餓的雛雀群聚而來，張著鳥喙一起發出了那種嗷嗷待哺的聲音。～是那麼好聽的一種聲音，一個人爲另一個人靜靜地煮粥……〉

多麼貼近前一陣子我得腸胃炎時，先生替我張羅粥的心情……

於朗讀王定國文章中流露對父親、母親、姐姐、情人……的悲喜情愫，對鹿港、綠川的往事印象，或許因年齡、世代和大家無隔，我們就這樣被吸入文字的黑洞裡，無可自拔！

王定國說：人生行路，煙雨江湖；文學之路，人煙稀少，寂寞最多，卻也收穫了猛惡林子不能見光的心事與一隻鳥拍拍翅膀就能全然飛躍的自由。

的確，若沒有這50篇「眞誠」的抒情散文作品，我眞的無法從他幾本精彩小說集中去了解王定國這個人，感謝他藏不住的寫作——勇敢披露青春年少聲影及此刻臨老情事。

這個不依賴風中雨中的建築戰場，以寫作爲他生存方式……的王定國，今夜用文字征服了我們，眞美麗！

櫻花紅陌上，燕子聲聲裡，相思又一年：在燕子城堡與福壽山農場

二月二十三日

才剛二月下旬，暖冬卻催熟了山裡的櫻花，若照日本人的櫻花節從三月十五日至四月十五日來看，亞熱帶台灣賞櫻可能要提早一個月，否則只能看到滿地的花瓣⋯⋯賞花當及時，莫待無花空折枝！

二月二十日在武陵感受到的櫻花之美，兼具了盛開的絢爛和凋零紛飛的浪漫。

二月二十一日醒在飛燕城堡舒適的床上，我們繼續逐花之旅⋯⋯

到達海拔比武陵高的福壽山（福壽山位於台灣合歡山與雪山群峰間，海拔高兩千一百公尺至兩千六百一十四公尺），正迎上滿山遍野八公頃土地上的燦爛櫻花海，這種美麗不同於武陵，武陵的櫻花成帶狀，一路蔓延，樹與樹間排列較密；而福壽山的櫻花是一種施展開來的遼闊感覺，也就是五千多棵的櫻花，一棵與一棵的間距更大，如果說：武陵的櫻花樹雙手是往上伸展，要觸摸天空之夢；那麼福壽山的櫻花樹雙手是往兩旁延伸，像要擁抱土地之母，當我看到一棵粉紅如瀑的富士櫻盤據著她腳下的大地，陽光裡，努力進行暢順的吐納時，你看到的真是一種的優雅自在，難怪同

行的朋友驚呼：好像來到日本賞櫻的感覺。若是富士櫻是此地的女主角，昭和櫻、緋寒櫻可能是女配角，數量都沒有富士櫻多，而武陵的粉紅佳人在此未登場，若你看到只有枯枝般的樹，那是三月才有戲碼上演的吉野櫻……

我的感觸又來了！〈種樹郭橐橐傳〉中以種樹喻養人，「順木之天，以致其性」一是「養樹」的法則，因此給樹的環境不同，長出的樣貌亦不同，那麼給孩子的教育環境實在太重要了，不是嗎？

櫻花是日本國花，日本人認爲人生短暫，活著就要像櫻花一樣燦爛，即使死，也該果斷離去。櫻花凋落時，不污不染，很乾脆，被尊爲日本精神的象徵，所以才有日本神風特攻隊勇於讓生命如瞬間煙火之燦放、消逝。

櫻花眞是不等人的，盛開的時間又短暫，一旦遇到下雨，燦爛櫻花可能翌日就畫下句點，櫻花讓我有關乎時光之流逝、有關乎美之失落、關乎風與花的遇見和分手的感慨……

這次住在名爲「飛燕城堡」的民宿，黃昏入住時，五樓戶外有延伸出去的陽台，立於陽台上，仰看高樓簷間有五、六個燕巢，據說燕子喜歡在此落戶居住，女主人也展現胸襟，不趕牠們，於是越聚越多，春天之後，常在這裡看到飛返巢裡的燕子，長達一百多隻，黑色輕巧、翱翔藍空、姿態甚美。可惜，此行未見到……但在藝術氛圍極濃的民宿裡過夜，等待花開，是不是也很浪漫呢？

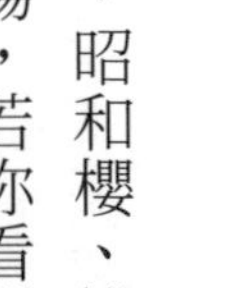

此刻，想起一首詩：櫻花紅陌上，楊柳綠池邊；燕子聲聲裡，相思又一年。

眞快，春燕來了，春風又綠江南岸！

那是一條迢遠之路，卻通向幸福城堡……

二月二十五日（四十五週年結婚紀念日）

我的第一屆學生安妮，生長在梨山，初一來到明道中學，這個山上長大的孩子，從十三歲跟我結緣，師生之情超過四十年。她對梨山附近地理知之甚詳，自從知道師丈服兵役的六個月期間，爲了周末到台中來看我，往往第二天的回程，從台中搭末班車回到梨山，已沒車去苗圃，只好摸黑走一個半小時迂迴山路回軍營的故事……

安妮知道這是怎樣迢遙的一條路啊！

她心疼地說：老師，我一定帶妳親自去走一趟，體會當時師丈的辛苦……

本計畫就今天（二〇一九年二月二十五日結婚紀念日）她開車帶我們去梨山，再放我下來走當年師丈走的那段路到苗圃……

人算不如天算，與我們的武陵、福壽山賞櫻之旅幾乎撞期，而安妮也因出差大陸，這趟旅行便作罷！

就在我們賞櫻之旅到達梨山賓館時，居高臨下，他指著遠方一個屋舍錯落的部落，告訴我：那就是環山部落，環山部落位在公路下方山谷，我當兵的地方——苗圃還在山上，要爬山路才能到達。此刻，我循著他所指的地方，但再怎麼引頸企盼，也

看不到迢遙遠方的苗圃……可能現在軍營也撤除了。他說，好傷心喔，以前這兒樹木蓊鬱，現在卻光禿一片，許是過度開發吧。

我們都回到五十年前，他想的是男孩成年禮～當兵的種種回憶；我想的是：怎樣的毅力讓他從不間斷於每個周末、日辛苦往返搭車於台中、梨山間，又走梨山夜路上環山、苗圃？

那應該就是愛的力量，愛的奇蹟……

一生只愛一次，卻是天長地久！如今，共度白首，沒有遺憾。

原來那時，他已經知道：那雖是一條迢遙之路，卻可通向幸福城堡啊！

璞園之夜到科羅拉多之夜……

三月十二日

從雨天待到晴天……守候璞園的夜，終於看到漸漸亮起的天光，你們眞是有福之人，氣溫回升，冬天變春天，一掃綿綿細雨的陰霾。

其實，如果雨還下個不停，我依然能譜出讓你們喜悅的樂章。

一向樂觀的我，從不擔心天候會影響我們約定的行程，晴天頂陽、雨天撐傘，只要人對了，無不自在快樂！何況，我們相識起碼四、五十年了，就是靜默不語、交換個眼神，都會有共鳴。而記憶中「喧鬧成鳥園」本就是我們一向相處的模式，所以雨、不雨，我完全置之度外，只要你們來璞園與我相聚，即使外面雨天，我的心還是大好晴天呢。

這次我的兩組朋友在此聚會，一方是我高中同學；一方是我明道同事，但他們彼此之間有舊雨、有新知，很快就融成一片，尤其有個「一言勝過千柄劍」「善於縱橫捭闔」的山明兄（人稱張董），我們的熱鬧氣氛勝過想像，難怪，只要有他的地方就有春天，就有笑聲。

第一天（三月十一日）我們先到附近「百香果的故鄉——大坪頂」去參觀張董

以之為副業、經營的「山嵐露營區」。露營區居高臨下，可以感受兩百七十度風景如畫的俯瞰視野，只見埔里盆地盡收眼簾，中台禪寺金光閃閃的圓頂依稀可見，山巒起伏，雲氣繚繞，甚是夢幻，所以叫「山嵐」，名符其實！山嵐有峭壁直線、高聳雲霄之美，那麼接下來我們到的「山鷹露營區」就有完全不同之景了！

山鷹占地較廣，以拓展延伸之姿，成就它的橫亙遼闊之美。這個原本是「梅園」，經過五、六年篳路藍縷改造才開幕的露營區，現已芳草鮮美、落英繽紛，連續幾個假期，都能衝破紮營五十帳的成績，我想表弟妹的努力功不可沒！

我們在露營區且歌且舞且擊掌，並輪流換上賽德克族服飾，好像大家都比穿T恤服可愛呢……離開塵世的紛擾，臨老躲入花叢裡的逍遙，大家都樂開懷。

璞園之夜，在張董清唱「能不能留住你」達到最高潮，他很能帶動氣氛，讓這夜，特別美麗！

我高中好友Eva從美國科羅拉多州回台，今晚和我們一起在璞園守夜。

璞園四面被山圍繞，開門可以見山，這和她熟悉的科州很像。

但科州美麗的夜晚，是屬於沉靜之美；璞園今夜的美，卻是熱鬧、喧騰的美，不知她返美後，會不會在異國寂寞的夜裡，特想此刻四溢的笑聲呢？

第二天的莫那魯道紀念館、糯米橋、老茄苳……我們沿途玩回去，雖然都是我已熟知的景點，但因為人的不同組合，每次都有不同的滋味，

我珍惜每個相聚的此刻——因爲
日子永遠不會複製！

#璞園山莊位在仁愛鄉清流部落，是表妹蓋的山中別墅。

璞園

三月四日

有溫度的書寫：活版印刷三日月堂（第二部 來自大海的信）

二〇一八年九月三日至今，剛好滿六個月。我們選了同一作者、同一譯者、同樣書名《活版印刷三日月堂》的書，作爲本年度閱讀書目（之前是第一部、這是第二部），如此鍾愛同系列的書寫，應是一般讀書會中所少見，原因只有一個：溫暖！

在浩瀚的書海裡，每本進入書城排行版的書，像是穿上金光閃閃外衣的貴婦，不待認定，已成吸睛的目標，很容易雀屏中選；至於一些未經宣傳、知名度不夠、默默躲在架邊的書，可能內涵豐富，卻是衣著樸實、含蓄的女子，等待大家的青睞，那可是時日漫長……

那麼我要說：人與書、或與書的作者、譯者的緣分，好像有一條無形的絲線在牽引～遇到什麼書？什麼年齡遇到？失意或得意的心境下遇到？有意、無意的遇到？總之，這樣的一本書，會偷偷地進入你的心靈，觸動了你的情感、滋養了你的思想、成爲生命中的一份養料。所以，不要以知名度來看一本書，而是你要眞正去喜歡上這本書。

去年九月例會，我們對已然在印刷界消失的「活版印刷術」有很多知識性的介紹，接著把僅存在日本川越、鴉山神社附近的活版印刷廠「三日月堂」中發生的四段溫暖故事——也就是書中的四篇小說拿來討論（詳見我二〇一八年九月三日FB貼文），意猶未盡，才有今天第二部～《來自大海的信》的閱讀討論會。

這是日本中生代（一九六四年出生於東京都）作家星緒早苗的作品，譯者緋華璃（筆名），正是我九〇年代在明道任教國文班級的學生，也是早慧的作家——賴惠鈴（高中時，便獲全國學生文學獎散文組第二名），後從中興大學企管系畢業，自修日文，因愛日劇，不知不覺中，走上全職日文翻譯這條路，已達十年……她總是那麼含蓄、低調，永遠踽踽獨行，卻用她感性的譯筆，翻譯了等身的日文書……令人感動。

創作難，翻譯更難，除了精通日文，中文造詣要高，兼顧「信、雅、達」翻譯三原則，讓我們無隔地進入日本語言、文化所營造的小說情節中，彷彿每個小說人物就在我們周遭生活著、笑著、哭著……

第二部仍有四個溫暖的故事，我在此不詳細介紹，等你去體會！

只能說：作者有溫度的文字，透過惠鈴原滋原味地保留，讓我們感動著，期待與三日月堂印刷廠有關的故事繼續發展……（還有第三部、第四部出現）

#今天很高興請到此書的譯者緋華璃（賴惠鈴）、還有明道中學陳明群訓育組

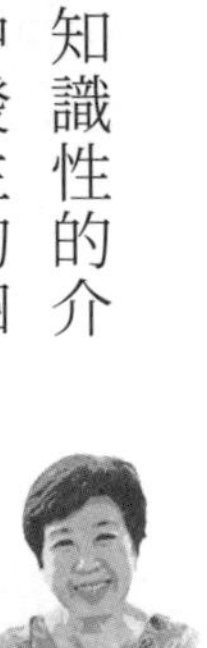

長，他們都是我任教明道時的國文高材生，我們彷彿開了一場小型師生會，也回答了會友一些有關本書的問題，討論一本溫馨的作品，用這樣面對面的方式爲之，眞的令人難忘！

如果讀書會是大家說故事；如果選書是選鍾愛的對象，這個下午多美好！

三月十九日

我的題目看起來像「假設性」命題。其實，這個下午，它是百分之百眞實的美好。

有人說：春天不是讀書天，但翁森（宋末元初人）體會春天是「……好鳥枝頭亦朋友，落花水面皆文章。」此時擁書而讀的快樂像什麼？綠滿窗前草不除～縱橫書本、穿梭古今，這分喜悅猶如春天遍生的綠草，覆滿窗台，卻渾然忘我地不加剪除，這種感覺，充滿無限生機……

讀書到渾然忘我，是一種境界；討論一本書到欲罷不能，是一種快樂。透明窗上垂掛的簾子，擋不住太陽的偷窺，瀉了滿地的方塊亮黃，也上了我臉頰，很溫暖的美好。我們圍著長方桌，咖啡不屬於星巴克，而是加了書香的滋味！我們討論李金蓮的《浮水錄》～不僅是眷村文學的討論，更是對「女人撐起一片天」的讚賞！想想讀書會陰盛陽衰的現象，撐起讀書會一片天的其實是女人，女人的韌性與耐力，讓許多眷村的下一代兒女成長；讓有限的物力充分發揮，或許女人的隱忍、委屈，走在那樣時代裡的女人不覺什麼；但對走在現代之路的年輕女性，該當覺得不可思議吧！

我們被書中的女性感動著、爲她們的含蓄、隱忍共鳴著。許多大同小異的眷村故事，讓住過眷村的會友熱烈討論著；而書中女人與女孩的心思，其實與竹籬外的天空沒有色差、溫差、文化差，所以也逼出我們女同胞的共同記憶！

此書清一色是被女人比下去的男人，佩服作者如此大膽背離眷村精神，這是一本不同以往眷村文學的書，也是它出衆的地方。

結束精彩討論過後，我們幾個幹部再往書城去掏寶，爲了後半年的選書努力。坐擁書城，又是另一種快樂！彷彿你要找一個鍾意的對象，你非但要看看他的外表，還要往內探美，一時之間，眼花撩亂，還好之前，會友先推薦了一些，這好像託了良媒來說親一樣，至少有品質的保證，我們便把有希望的競爭者列出，然後投票表決，終於塵埃落定，擇日要娶過門來……

期待在瑤琴一曲來薰風的夏天、在起弄明月霜天高的秋天、在數點梅花天地心的冬天，開卷相看時，你們能微笑對我說：「選的書眞好看！」

催生一個女性社團讀書會的成立：蘭馨讀書會

三月二十日

我的一個朋友凌健老師，最近給我的訊息是：

在二〇一八年的台灣——

21.4%的人完全沒閱讀；40.8%的人沒看過紙本書；

41.1%的人沒踏進過書店；60.8%的人沒使用過圖書館……

而另一個朋友陳達鎮老師，則放上一張照片在FB上說——

淡水捷運裡，

只有一個老外在閱讀。

其餘都在滑手機，

令人汗顏……

其實，這現象我早知道，只是換上數字比例，不免讓人驚愕，真的有那麼多的人不閱讀嗎？

你看——舒適的現代書店，有不少沉醉在字裡行間的閱書者；

你看——民間有七七、三餘、南瓜、社區、工商企業、佛教……團體各種不同性

質的讀書會；

你看——各地圖書館藉舉辦不同活動，向民衆招手……

但還是不夠！

就像清初文學家張潮的《幽夢影》說的：「凡事不宜刻，若讀書則不可不刻；凡事不宜貪，若買書則不可不貪。」

德國人說：「一個家庭沒有書籍，等於一間房子沒有窗戶。」沒有窗的房子無法呼吸，沒有書、不讀書的社會自然無法思考……

很高興，最近「蘭馨讀書會」成立了，它是附屬在「國際蘭馨交流協會」內的社團，因爲我全程參與過，所以感動著……

在「國際蘭馨交流協會」擔任祕書長同時也是三餘讀書會會長的秀蕙（我第一屆學生），三年前，在人生低潮之際，我引她進入三餘讀書會。與書爲伴的日子，讓她走出陰霾，深知閱讀帶給人樂趣、文雅和力量。於是，她想把三餘的經驗移植到蘭馨。蘭馨現任理事長維眞也是愛書人，就在許多因緣和合下，蘭馨讀書會誕生了！

蘭馨是一個以「女人幫助女人」爲宗旨的社團；我希望她們也是「女人幫助自己」的社團，在「爲善最樂」加上「開卷有益」的心靈修爲中，善的容顏將散發出智慧的美麗光芒。

昨天，我蒞臨她們的第二次讀書會。

（～第一次，閱讀《解憂雜貨店》時，我正好在武陵農場，不克參加）

看到穿著寶藍色褶衣制服的她們，好美，像海洋之心般深邃有氣質，紅色絲質圍巾帶出的是熱情、親切，十八個女士求知若渴的眼睛，仰望知識的高塔，似乎期待一層層向上攀爬……有人說：好久沒看書了！不知書中世界這麼有趣，我甚至熬夜不忍就寢，想趕快看完……

她們在書海揚帆起碇之始，有了一把助燃的炭火，可以延燒閱讀的熱情，希望這個讀書會像七七、三餘一樣，孜孜不倦，超過二十年，祝福她們了。

也願她們記住這句《幽夢影》張潮說過的話：「有工夫讀書謂之福」！

相信天下喜閱讀之人，都是有福之人。

忙碌的媳婦，辛苦了！～生日快樂！

三月三十一日

有人覺得職業婦女要兼顧家庭，是蠟燭兩頭燒，很辛苦！但是，我當職業婦女四十多年，卻甘之如飴，諸如一些家庭瑣事，只要出了家門，就可以拋之腦後（因有婆婆協助），盡情遺忘在自己喜歡的職場工作上……比起「專職的家庭主婦」在柴米油鹽……外，我有更大的空間可以琴棋詩畫一番，和同事聊天共話，喝個辦公室下午茶。

媳婦不同，碩士畢業後，曾在國衛院當科管員。直到生下兩個兒子時，爲了相夫教子，她甘願選擇當全天候的「家庭主婦」。

從早餐張羅到晚餐（當然我兒子常是晚餐的主廚），但光要餵飽那兩隻「歪嘴雞」——我的孫子，不知費了多少心！人工酵素的麵包吃一口就吐掉、牛奶不純馬上驗出……味覺敏感到可以去當品酒師了。小時，他們只要吃多了不喜歡的食物，馬上嘔吐，光處理這些芝麻零星偶發事件，一頓飯常是漫長的等待，嗷嗷待哺的乳燕，終於長大，其間的辛苦可想而知！

接下來是不斷的「送往迎來」當盡責的司機——吃完早餐，先湊一車，送先生到醫院上班；送大兒子E寶去小學上課；送小兒子N寶去幼兒園……自己沒閒著，趁這趟回家的空檔，洗衣、清掃……開始想：午餐要買什麼？中午，我兒一通電話，她馬上去接，簡單快餐已擺桌上，先生行程緊湊，有時上午林口長庚，下午桃園長庚……。下課了，車子接到E寶後，往美語班、作文班去，N寶放學了，接回家……天色漸黑，司機又出發接了先生、兒子，一家團圓。「兒子，趕快把今天的作業寫完，還要背一首唐詩、課文、英文單字……」媳婦課子的工作不容易，要設法克制小孩愛玩的心，軟硬兼施，比當老師的還辛苦。

吃完晚餐，孩子要練琴，鋼琴、小提琴齊揚，間以紓壓的卡通也要開放，但時間更要管控：洗澡、床邊故事都是必修，噯！終於搞定，九點上床，老媽總算可以稍喘一口氣，準備迎接第二天的戰鬥……

日復一日的忙碌，媳婦可能覺得對高等學歷證書還有虧欠，或是在盡一點社會責任吧！每星期都去E寶的小學圖書館任志工……

媳婦，辛苦了！孩子的家庭教育因有妳這樣專職的家庭主婦無怨的付出而完美。

有妳，眞好，祝妳生日快樂！

眷村走過，也無風雨也無晴：今夜我們在《浮水錄》中拜訪眷村生活

四月一日（三餘例會）

說實在，閱讀好處之一：你無需親臨現場，但作者生動的文字會帶你走入他所知道或營造的世界……

閱讀好處之二：我們會在書中認識一些非常微小的人物，這些人如果化成灰，輕輕吹口氣，就看不見了；如果化成小石子，投入水中，很快也看不見了，就是這般地微小，但我們生活裡很多這樣的人，卻唯有小說，願意眷顧他們！

難怪一棵開花的樹要感謝席慕蓉；行道樹——木棉花因張曉風的書寫，留下陽剛之美的讚譽。若不是詩人深入荒山，那長在僻野的小花會入詩成為永恆嗎？

同樣，畫家米勒以彩筆留下基層農民的生活，而有〈拾穗〉〈晚禱〉〈播種者〉之讓人感動的畫作……

話說《浮水錄》就記錄了許多眷村中的市井小民、微不足道的人物。

作者李金蓮——外省人的第二代，父親外省軍人、母親台灣人，讓她有眷村生活經驗的背景，寫出這半部眷村小說～之所以說「半部」，是因為它不同一般眷村小

說，只圍繞著鄉愁出發。所以這不是強調鄉愁的作品，反而視角放在女人身上，第一代母親茉莉的堅忍、含蓄、認命；第二代女兒秀代的反叛、敏感、充滿行動力、尋找自我……這不也是台灣女性的成長史嗎？但不可否認的，作者也意圖處理了她父親那一代在台灣的生命經驗。

本書裡，充滿大時代遞變的歷史痕跡，六十、七十年代正在成長蛻變起飛的台北城，許多記憶紛紛被喚醒：河堤邊住家起居、做大水、颳颱風，房舍變遷、與對西門町繁華世界的嚮往……等等，李金蓮刻意用壓抑的筆法去看待鄉愁、愛情、創傷、成長……等問題，所以絕不讓茉莉和韓敬學逾越壓抑的邊線，雖然讀者很想看到他們的戀情發展下去，作者卻戛然而止，她說是她審美上的偏好以及自己有虐待狂傾向。

據作者說初稿完成，還經十餘次的修改，這是她的寫作方式，一直改一直改，改到角色、架構和情節成形爲止，可能和她初始的構想都不同，這是她的愼重。而距她第一部出版的小說《山音》（一九八七年出版）因時隔多年，顯然她的筆調也不同，此書刻意收斂了文句上的雕琢華麗，返歸簡單的文字，其實簡單眞是不簡單達到的境界，也是梁實秋說的要「割愛」。

～相信作者刻意的輕描淡筆，反見深刻的意涵。

指定分享三位：「我」——從眷村的生活談到眷村文學的作家；「明分」——外省人第二代，住過兩個眷村，現身說法，談她的父親，感性十足，動人心弦；「仁

智」則談陳明發和秀代的父女關係、也分享自己種菜心得（書中茉莉種菜養家……）自由分享的「詩雯」談——男配角韓敬學在與茉莉的曖昧關係、到被發現是陳明發竊油事件的共犯之後，有了罪惡感，幡然醒悟，信仰基督，其心路歷程……

主持人聯華老師也是眷村子弟，由她來串連、過橋都十分貼切。

原本來參加例會之前是春雨綿綿，但一場眷村生活體驗課後，居然也無風雨也無晴，想必所有住過眷村的子弟，此刻心湖應該隨著眷村改建、荒廢……慢慢沉寂下來了，亦可笑談風雨，而時間會抹平一切的。

幸福的面相

四月八日

幸福藏在哪裡？在別人的眼裡，在自己的心裡！

許多人看別人不是旅遊、就是美食，頂幸福的；其實，看不到的青鳥就在自己家裡，唾手可得的幸福，不必別人認定，完全來自個人心裡的感覺。

於是，幸福以各種面相存在。在逃去如飛的日子裡，一個幸福迎面而來，隨風而逝，已成過去，嘆息間，下一個幸福接續著……許多推積的幸福，讓我不能再工筆描述，又不甘蜻蜓點水般的打卡交代，那似乎有太多的話沒說、情未訴，不符合我的個性，於是就披沙揀金式的素描，關於我春天以來的幸福。

邂逅幸福

（一）台中市民的福利怎可放棄？

選個不必人擠人的平常日，三月下旬的某一天，天朗氣清。我們到世界花卉博覽會后里馬場園區，讓「花」花了眼，王者香的蘭花，各種美麗的名：蝴蝶蘭、素心蘭、嘉德麗亞蘭、拖鞋蘭……，記得住的、記不住的一樣優雅，然後是繽紛玫瑰、菊花、海芋、百合……結合不同材質組成的花團錦簇。花舞館裡有三種人：一、眼中有

花，心中無花，眞個走馬看花者；二、眼中有花、心中有花，眞正愛花者；三、眼中無花，心中有花，超然境遇、形骸之上者。

於是自詡是陶淵明：採菊不見菊，悠然見南山！過眼千花皆非我有，只有心花朶朶開，才是幸福。

（二）唱著幸福

四月讀書例會結束後，會友明蘭不小心帶走我的那本《浮水錄》……讓我當晚的紀錄進行有些困難，但還是在子夜前PO文上FB。

她很客氣地賠罪：明天帶早餐到妳家去……

可想而知：第二天，她帶來的豈止是早餐，還夾帶一個她的愛人——鍾老師。

我們好久不見鍾老師了！爲了他教唱的卡拉OK班，擴充到五個班，讓他分身乏術，這年來，他退出三餘讀書會，他認爲唱的比說的容易，於是幸福地沉醉在他的教唱生涯。

滿樹未開的花苞點點，櫻花禿枝下，我們大啖QQ的紫米飯糰，還有他們從雲林朋友養雞場帶來的有機土雞蛋，沾上地中海粉紅色海鹽，幸福感油然而生……

我常常會想起二〇一四年和七七讀書會去日本時，也是櫻花季，與關西日本讀書會交流時，會場上鍾老師唱的那首〈化爲千風〉，優美的歌聲穿風而來，多麼悅耳，身爲他妻子的明蘭，是否常感受著這樣的幸福呢？

（三）重溫幸福

三月最後一天，我們從十七歲便認識的高中同學會，在西雅圖回來的甲班班長時燦的奔走下，終於成形了，來了二十個，不容易啊！

那時市一中才四個班——一班自然組，三班社會組。

我們都熟，但男女不能交往的年代，只有認識他、她的名，除了少數編校刊《綠天》的編輯男女同學才可名正言順講話，所以說實在，今天來的男生我認識的不多，但傳言中的某某、某某出現時，也還興奮了一下，方知含蓄、曖昧之中，有些許共同回憶，也是一種幸福。讓七十歲以後的熟稔，從今天開始吧！

（四）聽見幸福

明道蕭主任打電話給我時，我正在海拔兩千一百公尺以上的福壽山農場賞櫻。手機裡聽不清楚，好像要我每星期找一天中午回去明道給高中生上國文補救教學之類的，當下我便回絕，退休後已習慣閒雲野鶴般的生活，重回囚籠，怕是無法承擔……

回來以後，溝通了幾次，心軟的我還是接了這不太可行的任務。

這是我「星期二的十二堂課」來源。

巧的是和那一本有名的書類似，但內容完全不同！

我終於重作馮婦！

上課的學生有三位，分別是：聽障、語障、情障……

我以前教的都是模範班、資優生之類的學生，蕭主任打動我的是：妳試試教不一樣的學生，等於幫助他們走出困境……算是功德一件。

才上過一次課，我知道我遇到了很大的困難，三種不一樣障礙的孩子：聽不清楚，要用文字溝通的；聽得到，卻講不明白的；雖聰明，卻因情緒不穩用藥物控制，嗜睡的……但他們都是可愛天使，上天要考驗我吧。

我要想點辦法，因材施教；用力進入他們的心靈……

有一天，希望他們能聽見幸福！

（五）遇見幸福

那天，和秀蕙去買便宜的鞋，每雙不超過二百九十元，很樂！

然後去烏日附近學生立仁家泡茶聊天（那是我們最尋常可遇的幸福），天黑了，立仁夫婦請我們去一家典雅的日式餐廳吃飯，盡興而返。

（六）閱讀幸福

即使再忙，我仍要閱讀，

重閱《蝸牛食堂》～蘭馨讀書會四月討論的書目

《鴨川食堂—再來一碗》～惠鈴譯書，贈我，當然要看，而且好看！

《成爲我自己》～三餘五月書目，關於心理輔導大師的傳記，共四十篇，像四十部微電影，深入淺出，欲罷不能！

《百年孤寂》沉重而必讀的諾貝爾得主的書，要耐性讀下去，準備五月到七七去切磋受教。

通常，我在閱讀中得到莫大的幸福！

（七）沉浸幸福

臨時受邀，和氣功的朋友去谷關谷野溫泉會館泡溫泉。

四面環山，初春綠葉新發，享受空氣、陽光、水的禮遇。

溫泉、冷泉、熱泉、SPA、蒸氣室……無不沉浸在「放鬆」的氛圍中，

偷浮生半日閒，水中放空，也是幸福！

是暖是愛是希望，你們是我的人間四月天～
記大學同學會三天兩夜於清境農場

四月十一日

想要瀟灑地揮一揮衣袖
卻拂不去長夜怔忡的影子
遂於風中畫滿了你的名字
思念總在分手後 開始～

第三天了，午餐過後，車行於六號高速公路上，離開最後的休息站：埔里酒廠。我們在烏日高鐵站擁抱告別，三百六十五天之後，一樣的人間四月天，我們將於台東再見了！

想要將你的身影纏綿入詩
詩句卻成酸苦的酒汁
還由不得你想淺嘗即止
因爲思念總在分手後 開始～

若氣象報告是準的，那我們清境三天兩夜，可能是有風有雨隨行的旅程。

豈料上天賜我們三天的麗日和風。氣溫近逼三十度，草原青青，一望無際；徜徉其上的是白絨軟毛綿羊，一群群，無視於我們的存在，拚命低著頭，認真啃嚙春天的嫩草；煞是可愛！天空好藍，深深淺淺的線條，清楚地畫出山巒的層次；被描摹出各種形狀的雲，朵朵清晰；還有冒著汗、迤邐成排走在天空步道的同學們，努力往前行，他們也無視於一年一年添增的歲數、無視於一年一年加重的步履，都超過七十的人了，笑語喧譁如童……響徹在山間的是奔騰的血脈和跳動的心音，誰也不服老，其實我們是一起慢慢變老的，年年看，遂將歲月痕跡慢慢擦去、慢慢成淡……

於是，三天來，我周遭圍繞的他們，堆疊的總是一個個美麗的笑靨，像盛開的杜鵑、像金盞、像海芋、像雛菊……我也在一片花海裡迷失，彷彿回到那個離開快五十年的校園，看到他（她）當年臉頰上燦放的花朵。

喜歡住宿兩夜的豪斯登堡，在歐風裝潢藝術的氛圍裡，感受到這是：分享愛情與幸福的城堡。據說蓋城堡的主人，概念來自於：每個人的心中都有一座象徵愛情恆久、穩固和偉大的美麗城堡，於其中可收藏許多浪漫的故事……所以整間城堡重現荷蘭皇家貴族氣質：古式壁爐、金色圖案的精緻畫樑、臥房裡的厚緞牆面，都透顯著濃濃歐洲皇家古典品味；我住在挑高的二樓角落邊間，當我推出房門，站在小弧形陽台上，居高臨下，但見滿山的綠，甚至可遠眺合歡山、奇萊山的雄姿，頓時豁然開朗，萌起：望峰息心、窺谷忘返之意念！

回到現實，我愛這兩天的秉燭漫談，共話巴山夜雨。那時的貧窮、那時的奮鬥、那時的害羞、那時的不擅言談……如今個個妙語如珠、幽默風趣，不管什麼話題，都會閃現機鋒、迸出笑聲，若在保守的年代，可以認識這樣智慧滿溢的他們，是否當年的感情史會重寫呢？

我卻認爲：每一個人的成長，都需感激她（他）身邊的另一半，若不是伴侶的切磋琢磨，怎能走到現在的睿智成熟？慶幸班上許多十分內向的男生，都可搭配到能運籌帷幄、決勝千里的夫人；而女生嫁的多半是溫文體貼的丈夫，所以這次夫妻檔的有17對攜手前來，其中五對還是飄洋過海來看我們的，聽！有一對是從二〇〇七年到現在從不缺席的，有一對是去年開始參與的，我那兩個女同學太太，都從美國回來，她們告訴先生：「要表現好點，否則明年不帶你來參加同學會了！」喔！天下奇聞，她們的先生果然盡量表現，怕被太太褫奪回台參加同學會的機會呢。

事實上，我們中文系的每年同學會，搶著來的不只是本班同學，還包括同學的兄弟姊妹或朋友，來者是客，最後都融入這個可愛的大家庭，我想他們也算入籍中文系戶口名簿了！像這次的梁秀梅就來過好幾次呢，已成爲大家的朋友了！

當然，我們有兩對班對的歷任班長及夫人，這次都盡力協助中部主辦者（我和崔兄），於是，不管食、宿、旅遊景點都安排得盡善盡美，限於篇幅，就用照片說故事，跟著我們去活動活動吧。主辦人的我們也把接力棒交給明年主辦者：

住在台東的友仁夫婦，相信，明年會更好。
有所期待～於是每年，我喜歡人間四月天，有暖、有愛、有希望、有你們！

食物療癒的小說與電影：蝸牛食堂

四月十七日

對一個剛成立的讀書會，也許找到引發進入書本的誘因很重要，例如找一本貼近生活經驗的話題、一個不給壓力的討論空間或是藉此書改編的電影作媒介——挑起閱讀的味蕾……

四月十七日女性社團蘭馨讀書會，以「蝸牛食堂」的電影作爲前菜，目標還是回到書本的主菜品嚐。在我看來，同樣素材的小說與電影，文字的想像更寬廣些；只是在聲光效果的刺激下，在忙碌的時空中，電影是更快速收攬人心的媒體。

而書，寂寞地躺在一角，或是自己小書房或是大圖書館的架上，只有有時間緩緩翻閱、逡巡其中的讀者，才是作者的千古知音。

二〇〇八年一月出版的《蝸牛食堂》六十萬本銷售量征服日本讀者，三餘在二〇一二年閱讀過，如今卻已絕版，大家只好從圖書館借來看。但電影在、漫畫在、改編自書中的食譜應該也在，彷彿作者創造的食療小說，也影響後來的《深夜食堂》《鴨川食堂》《愛情烘焙坊》《黑心居酒居》……等小說創作。

愛，即是當季最美味的料理～

年輕女性在失戀的絕望中重生，靠廚藝追尋自我信心，進而幫助他人找到溫暖的動力，彷彿料理中有一種催眠作用：在接下來的生命裡，仍值得擁有快樂的權力，請好好活下去吧！

母女之間看似若有若無的愛，是不擅表達嗎？也許不是每個女人都知道如何去當稱職的母親，但母親的愛原來一直都在，只是她以自己的方式照看著女兒。

一本迴響很大，令人喜愛的療癒小說——《蝸牛食堂》。

回家的路永不嫌遠

四月二十日（在百達富裔的家聚）

當我到達姪子宗源夫婦住的百達富裔，台中的天氣有點細雨濛濛，但不穩定的天候，沒有阻止台北、高雄不遠百里而來的姪孫輩家人。事實上，更遠的是回來清明掃墓、一直留待台灣、等家聚的姪子宗民、秀珍夫婦，他們從西雅圖來……

回家的路，永不嫌遠！

如果美麗的房子，沒有人住，那就不是溫暖的家；

如果豪華的餐廳，沒有顧客，那就是冰冷的硬體空間；

一下子，家人到齊，把兩大圓桌擠得滿滿，

滿溢的不只是人，還包括問候、聊天、歡笑、歌唱聲……，彷彿所有的快樂就要穿頂而出。

還好這寬敞舒適、附屬於大廈裡的中式餐廳夠大，大到可以包容我們分離兩個多月來的生活點滴；大到可以容納大家迫不及待要分享的苦澀與甘美：有人去海上航行、穿越印度、中東；有人深入北非祕境探詭異諜影；有人在曼谷體驗塞車之苦；有人到瑞士看兒孫……寰宇不大，就在這團坐的餐桌裡；須臾間，我們已像莊子逍遙遊

中的大鵬，物外任天而遊，無窮也~

所有幸福家庭都是一樣的；所有不幸家庭，卻各自有它不幸的理由……

慶幸我們生在一個書香世家，財富夠用就好，精神的富裕才是我們追求的功課。在第一代手足折翼三人之後，第二、三代羽毛已豐，都能走出一片美好天地。在高榮當醫生的姪孫，今晚帶著他也是醫生的學妹女朋友亮相，雖初識大家，落落大方，充滿智慧之美，這麼可愛的容顏，希望不久之後，於次次的聚會合照中，靜定成我們家族的一員。

移民泰國的學生信慧，和我有遠親之誼，她已參加過去年我們在長榮酒店的家聚，這次正好回台，又參與此次聚會，我們的師生情已延伸到家人般的關係，她的隨和、幽默，爲家聚帶來活絡的力量，感謝她，無隔地融入這個家族，帶給大家歡笑。

開始期待下次的家聚~五月花開溫暖的季節。

輪到我主辦，期待散居各處或是天涯海角的家人，都能回到最初始美好的家園，我等著你們。

因爲你們，日子沒有時間留白……

四月二十四日

你們穿梭在我生活的每一天。你們總以不同的邀約，吸引著我的好奇心……

學生林董兩個星期前Line給我：我們的辦公室新成立，搬到原公司對面，潭雅神綠園道在我公司附近，歡迎老師有空隨時來喝茶……

做包包的他，不是在大陸廣東、河南都有廠嗎？現在返鄉成立新廠，究竟是鮭魚返鄉，落葉歸根，增加台灣就業率？還是有強烈企圖心，想多擴充幾個廠？

於是，我去了他在市內占地二千坪的廠。

新近聯絡上的學生愼青，四十多年前，愛笑又愛哭的感性女生，如今是豐原葫蘆墩國小健康中心的護理長，學得一身好功夫，爲一千多個校內學生做健康把關的工作。

她說：有個很美麗的地方可以放鬆身心靈，老師，我要請你們去喝下午茶。

接著又邀我們去她的小學聽演講，那是我平日不太敢面對的內容：「我的善終我做主」……總以爲快快樂樂，今朝有酒今朝醉，何必想太多？但是學生嚴肅的提出這樣的主題，我也好奇了，何不聽聽面對死亡的決定，怎樣才有尊嚴？

於是：我認識到自我決定、作主的面對死亡問題，是善對自己，也是送給兒女最好的禮物。

泰國回來的——既是學生又有姊妹情誼的信慧，整天笑話連篇、十分幽默的她，回台一兩、個星期間，不知來回搭高鐵至烏日幾次，甚至爲我們精彩的一個接一個的行程，去改變飛機回程的日期。住在我家的日子，我們一起去買漂亮的褶衣、買各式鞋子，但原則是：便宜！你相信嗎？十雙鞋不到三千元；褶衣一件五、六百，所以一堆衣服，等於百貨公司一件的價錢。這都是我們朋友提供的內線消息，所以：多一個朋友，多一條路！既便宜又優質的東西，你能不好奇前往嗎？

所以我們絕對不是敗金女，反而該頒給「勤儉持家」獎！

遠在台東的學生杜教授，招了好多次手，他是研究水蛇的專家，這次，我們幾個師生終於在他規劃的蘭嶼台東潛水生態教育（～認識水蛇）五天四夜的旅行中註了冊，好奇地準備挑戰這個行程，因爲他說：蛇（非毒蛇）其實是很可愛的東西！

你相信嗎？六月初回來，再告訴你！

天天有豐盈的節目，我的日子怎會留白？

雨啊雨，下個不停；歌啊歌，唱到地老天荒……

五月二日（濛濛雨中的璞園山莊）

我的出遊經驗裡，很少整天沐浴在雨中的，即使下雨，也會有一霎間的雨後天晴；或是乍雨乍歇時的陽光露臉。但今天，從進入清流部落的煙雨濛濛，到越下越大，整個田野沐浴暢快、春樹洗得潔亮，雲一直像深深淺淺潑墨般塗抹在山線、在天際，雨啊雨，你何時才會停？

所以，我無法帶西雅圖回來的姪子宗民夫婦、波士頓回來參加大學同學會的淑燕夫婦去逛清流部落、去追悼霧社事件的英雄莫那魯道、無法讓他們嚐一嚐馬告香腸的味道，或喝一下原民夠勁的小米酒，我們只能關在璞園山莊裡聊天，只能讓我們每個人展現驚人的廚藝，原來男人的下廚是這般自然，只有我身邊的這位君子是遠庖廚的。在大家的努力下，一道道佳餚出爐，擺滿桌，桌的一角乾淨地留給茹素二、三十年的淑燕夫婦。我坐在楚河、漢界間，欣賞葷食者大口吃肉的痛快；也分享茹素者細啖豆蔬的清爽，鍾鼎山林各有天性，每個人擁抱自己的生活味！

介紹淑燕、浤修夫婦給鍾老師，原來他們都是生長在新竹附近的客家族群，老鄉遇老鄉，無隔的客家語拉近不少距離；介紹給姪兒宗民，因同是移民美國多年，環境基因類似，也有不少美國共同生活的話題，常常覺得人我之間雖殊異，但只要找到同質性，便能打破疏離，搭起友誼的橋樑……我喜歡築橋，討厭築牆，緣是之故，朋友可以越來越多，生活越來越喜樂。

就像這次璞園山莊的主人虹惠表妹，帶來的蔡姓友人麗惠，竟然是我第一屆導生蔡訪壬的姊姊，繞了四十五年，誰會料到我和學生又搭上了橋，地球眞的是圓的，有緣人總有一天會見面吧！

雨啊雨，還是下個不停，越下越大，連想在雨中散步都不可得，大家只好搭車到山鷹露營區。雨中卽景：一片片無法踩踏的碧綠草地、一棵棵洗淨身子的梅樹、一個籠罩雨幕中看不清的湖……地上殘紅點點沾污的花瓣，是之前開得豔麗的花朵，只因來不及葬花，眼睜睜看著她染著塵泥離開。

遠山朦朧、天空朦朧、落羽松朦朧、鳥朦朧，一切都朦朧，雨好大！

只有我們是眞實的，在木屋旁搭建的卡拉OK亭子裡，大唱特唱，讓歌聲衝破雨聲，～我的心是六月的情／瀝瀝下著心雨　想你想你想你想你／最後一次想你　因爲明天我將成爲別人的新娘　讓我最後一次想你～（心雨）

～我相信／相信無人／無人比我卡愛妳　我愛妳／愛妳不是／不是一工也二工我不甘／不甘給妳／孤單一個惦鄉里／我希望／希望會陪伴妳身邊／但是我／惦在他鄉／只有忍耐／只有忍耐／望月想妳～（望月想愛人）

……

幾乎是吶喊、激情，歡樂歌聲、哀傷曲調……把一些低沉在雨裡的靈魂都叫醒，有人唱，也有人跳，雨啊雨，你下個不停，我們也唱個不停，是要唱到地老天荒嗎？唱到太陽露臉吧。

但明天，天若晴，我們還是會懷念這個霪雨霏霏，天公作美的歡唱日吧！

五月的嬰兒與母親

五月五日

對自己出生月分的喜愛，一直深植內心。

不管晴天也好、下雨的模樣也好，不管低頭看見的百花也罷；舉頭望見的濃雲也罷！好像五月一來，就有一種蒸騰的能量，喜悅的因子，在心中醞釀……

對於是母親的屘女，好像除了身高不如兄姊外，智慧沒差、身體也健，就不再計較自己是母親四十二歲才生的孩子。想像那時，母親好不容易養大我之上的五個孩子，還在三十八歲患上嚴重腸炎，都穿好壽衣準備上路之際，回頭一瞥，又被某種使命喚回來的她，四年後生下了我。我雖趕不上手足的行列，卻成了姪、甥輩的領頭羊，我這樣的嬰兒出生，父母高興不到三個月，大哥的女兒（我的姪女）在盛暑八月誕生了，他們的角色轉變爲祖父母時，我想那樣的歡愉，應該更勝於迎接我這個跟不上隊伍的屘女吧！

既是排行最小又是輩分最大的角色扮演，讓我像一座橋，通往兩個不同族群，在第一代裡，我靜聽安排，遵命從事；在第二代裡，我混於其間，帶頭歡樂。

現在大的姪、甥輩也跟我一樣上了年紀，我依然和她（他）們的下一代孩子融成一片，溫和如五月的我，赤子之心不減，幾乎到無齡感的境界……

從無數個五月走過來，順時間之河而下，我當了母親、祖母，五月的母親節總在提醒我：既是嬰兒（我的生日）又是母親（母親節），兩個特別又那麼靠近的日子，一下子把喜悅集滿、快樂加倍。許多的鮮花、溫暖的康乃馨推疊成五月的生命樂章。兒子、媳婦、女兒、女婿、孫子、學生們……的關懷，五月的生活是快板的旋律，響樂每一天！

其實，生日還未到，母親節將臨，但我們提前度過。

亢奮的童音一進門，兩個孫子便把今年生日及母親節的禮物（吸塵器）送到眼前，並示範如何使用，兩個孫子忙打掃……然後周末晚上在「大江戶町鐵板燒」度過一邊賞大師廚藝，一邊吃食物的視、味雙覺享受，新鮮食材：玫瑰龍蝦、北海道干貝、上蓋肉牛排、西班牙伊比利豬肉……配上冰鎮過的「上善若水」日本清酒……有點奢侈，但是兒、媳的盛情，他們總覺花一次錢送上生日和母親節的禮物，這樣的消費並不為過，我們也就欣然接受這樣的盛筵招待了。

第二天，我們在「田莊私廚」簡單的日式鰻魚、干貝飯中，再度享用團聚午餐。兒子的醫院工作忙碌，不能久留，但每一個可以填滿相聚幸福的時光，我們都沒錯過。

謝謝兒子一家特地南下，送我的生日、母親節禮物，我很喜歡；但更喜歡的是留住他們洋溢在臉上的笑容，五月，眞好！

如此人生，再來無妨～
讀歐文．亞隆回憶錄《成爲我自己》

五月六日

當你閱讀到一本傳記中的主人翁在整個說完自己故事時，替自己的人生做一個ending的註腳是這幾句「如此人生，再來無妨」時，你會好奇嗎？

對大多數來走一趟人生旅途的人，佛教徒希望不要再墜入六道輪迴，最好成佛！基督教徒，認爲死後，靈魂必會與主耶穌在一起，從此在天堂過喜樂的日子，何必再返人間受苦？而此書作者歐文．亞隆——當代知名存在主義心理學家，在拉拔無數徬徨的心靈時，在自己生長的貧窮猶太社區長大的他，難道沒有社會加諸他的壓力嗎？或許他也會有難解的悔恨、遺憾、無助與恐懼，但他卻用無數正面的思維、數不盡的甜美，來完成這本溫暖的回憶錄，並深深愛上這單趟旅行的人生，能在努力掙脫環境枷鎖，一步步走上助人的專業之路，送人玫瑰，手有餘香，他的快樂真的來自助人吧！他也知足於這樣的人生，於是勇敢說出：如此人生，再來何妨！

在此書裡，我還看到一個喜愛閱讀、寫作的他；一個對生命無比尊重的他。

當青少年時，看到莎士比亞《馬克白》中主角的那一段話：「生命呀，只不過是一個行走的影子，一個舞台上的戲子，一時昂首闊步，一時唉聲嘆氣，不一會兒就沒了聲息」驚嚇得不知所措，而從這樣的生命慨歎裡，回想到影響自己人生的大人物：富蘭克林、杜魯門、邱吉爾、希特勒、尼克森……何嘗不是昂首闊步、創造歷史，如今化作塵土，空無一物！許是這樣的感悟，知道陽光下，我們所擁有的就只那一瞬間——稀罕的、天賜的瞬間，這樣的想法一直籠罩他，一生珍惜生命的每一刻。

與其說他是一個精神治療師，毋寧說他是一個無處不充滿「心靈頓悟」、善於聯想的小說家，這本回憶錄，見證了他的思想與幾本小說作品誕生的過程。

一個心理治療師的他，拋棄量化的調查語言，把自己當成一個說故事的人，他是透過四本小說和三本故事集，教授心理治療的，這樣的方式，是否更貼近病患受傷的心靈？是否更能讓人感受到同理心呢？回顧他在專業團體治療之外，所以能如此自在寫作，讓自己渴望成爲作家的願望再度甦醒之因，是他在六〇年代後期已獲得史丹佛大學的終身教職，讓他可以擺脫一般桎梏於人的生活枷鎖，還有一個獨立、智慧，讓他可以倚賴終生、愛戀終生的妻子——靈魂的伴侶，更擁有四個成材的兒女，緊緊相依，讓他得天獨厚的享受幸福的家庭，他是幸運的！（雖然他搞不清楚四個兒女爲何會離婚？但這樣的問題，他不攬成自己的責任，所以也就不困擾他）

他爲小說人物命名、爲兩個不同年代的哲學家或心理治療師找到放置在同一個時代的理由，他在爲《診療椅上的謊言》這本小說找題材——是一個決心眞誠相待的

治療師碰到了一個決心設圈套害人的病人的故事，當他動筆寫這故事時，樂到不行，寫副情節時就更樂不可支……（正是一個寫小說的朋友告訴我的：你可以支配小說中的人物、情節、逆轉他的人生……這就是寫小說的樂趣吧！）而歐文．亞隆有那麼多需要治療的心靈，那麼多苦厄人生的故事，他爲何不寫？何況「歷史是已經發生的小說，小說是已經發生的歷史」——寫一部可能發生的歷史！《當尼采哭泣》、《叔本華的眼淚》、《生命的禮物》……都有許多發人深省的故事。

到85歲還在工作的原因是：「我和病人的工作，充實了我的人生，爲生命提供了意義……」並隨時從病人身上學習，「驚覺到自己在心裡對談中，竟然從沒用過「愛」或「同情」這兩個字眼」於是反思、學習……

其實在他身上，還可看到「終身學習」、「團體生活」的重要。他一直參加的團體活動有四：1.治療師團體（過去二十四年，每兩星期聚會九十分鐘）2.佩格索斯成員（醫師寫作團體，十個醫師，每個月聚會兩小時，討論彼此作品）3.林德曼團體（一個月一次聚會，精神科醫師八到十人討論提出的問題個案）4.家庭：六十三年同甘共苦、非比尋常的生命伴侶，他們兩人都熱愛閱讀、寫作，雖領域不同，但妻子常是他小說的第一個讀者，知心妻子、緊密親子關係，人生至此，夫復何求！

他說：我一生都在探索、分析、重建我自己，但現在才了解，在我內心深處，有一泓我永遠都處理不了的淚水——那應該來自一生勞苦、不快樂的媽媽，此刻，越接近終點，就越覺彷彿在繞圈子，又回到了起點……

終於在反省的不安、罪過中，感受到自己有優渥的生活等等，都來自母親，終於找到母親的溫柔。

傳記之好處，應該是：重新走過一趟人生，在自省中找到救贖吧！很耐人尋味、百看不厭的人生故事，關於歐文．亞隆的《成爲我自己》。

深夜食堂與梵谷

五月八日觀電影《梵谷——在永恆之門》

A.邂逅深夜食堂

只知日本安倍夜郎既是「漫畫又超越漫畫」的書叫《深夜食堂》，一系列出到十八集……當然深受讀者喜愛。

在深夜食堂裡，每一夜都是故事——有人重拾愛情，有人彼此錯過；有喜歡、有陪伴、有和解、有遺憾，還有很多說不出口的孤單和溫暖……

這個深夜食堂，塡飽的不只是肚子，而是許多個疲憊的心靈。

今夜，看電影之前，無意間，邂逅這隱身於台中都會區街巷裡的「深夜食堂」。吸引我們踏入店裡的原因是：小小不到十坪的空間、充滿日本氛圍的元素，才剛改「令和」的國號、慶祝新主登位的「令和酒」圖片，精采了牆面，這家老闆跟得上時代的腳步！我和詩雯（三餘會友、嶺東藝術史老師）禁不住就忙拍照，年輕老闆站在一旁，欣賞我們的興致，不急著要我們點菜。梅雨季卻沒雨的黃昏，是我們早到客人悠閒享受室內溫馨布置的時刻……

邂逅一間用心去布置的日式食堂，它的食物當然也十分用心。我們兩人因趕時間，只叫了「蘆筍手卷」「鰻魚握壽司」「鮮魚味噌湯」卻都讓我們覺得清爽可口，原來沙拉是這年輕老闆自己調配的，方知他曾東渡日本在新宿跟師傅學廚藝，上個月才又拜訪他的日本老師……聊著聊著，爲他不凡的手藝折服，與之合照，相約下次來好好品嘗一番……

留點想像給味蕾……我們趕著去電影院和梵谷約會。

B.梵谷——在永恆之門

美女畫家兼藝術史老師詩雯，這次把她藝術史講座的五十多位學生集合在戲院包下一廳，觀賞電影「梵谷——在永恆之門」，我們三餘會友也享受了這福利。兩個小時的放映，加上一小時的會後討論，讓影片中的梵谷、觀者眼中口中的梵谷，滿溢我心。我也有三個感想：

(1)電影、文學、繪畫……都有它要傳達的意念與情感：電影是人性的投射、文學是苦悶的象徵、繪畫是吶喊的出口。

(2)這部片子導演、編劇、拍攝、運鏡都很到味，剛開始，拉近的鏡頭，梵谷的特寫，走在大自然的快速腳步、風吹樹搖葉動的淩亂、搖晃，整個鏡頭晃動得厲害，都是在反照梵谷的焦躁、不安，觀衆也隨之有頭暈的感覺……這是電影在用鏡頭說話，

使梵谷的形象和內心世界呼之欲出。

(3)最清醒的人，往往是最孤獨的人。

在一百三十年前，梵谷幾乎被認定是「瘋子」，但他孤獨的靈魂其實是最清醒的，他清楚地想畫出傳達給看畫的人最眞實的面貌，卻不被當時的人喜歡，反而被送入精神療養院，其實他內在是清明的。

和戰國時代屈原行吟河畔、喃喃自語、憂心國事是一樣的。

眾人皆醉，而我獨醒；舉世皆濁，而我獨淸……

瘋了的到底是世人，還是屈原、梵谷？

不願同流合污的靈魂，總是孤寂；

不染塵的出水蓮花，只能遠觀無法狎近，那麼，

梵谷說的沒錯：我的畫不是給當代人，而是給後代人看的！

梵谷敲了永恆之門

雷諾瓦說：痛苦會過去，美麗會留下。

當梵谷畫花時，一女士說：你畫的沒有眞花漂亮！

梵谷說：眞花會凋，我畫的花才是永恆。

沒錯，梵谷的畫是永恆的，讓我們後代欣賞到永恆之美；

星夜留在梵谷不朽的畫中；烏鴉永恆飛在麥田之上；割了耳朵的梵谷也留在我們

心版上。
向永恆致敬，向梵谷致敬！

梵谷

不斷成長的母親不會孤寂

五月十一日（母親節前夕）

《百年孤寂》是過去五十年來所有語言中最偉大的傑作。

《百年孤寂》——繼塞萬提斯《唐吉柯德》之後最偉大的西班牙文作品。

《百年孤寂》是華文世界四、五、六年級生的閱讀歷程中的集體記憶。

獲得二〇一二年諾貝爾文學獎桂冠的莫言說：「原來小說可以這樣寫！」

這是一本魔幻寫實的小說，被譽爲二十世紀文學的聖經。

……

一本馬奎斯1982年獲得諾貝爾文學獎的小說，必有它値得閱讀的理由。

但是，陽春白雪的曲調，不是每一個人都欣賞得來的。

今天，我坐在七七讀書會的會場裡，聽到七七李盛圃先生在自由分享時說的一段話，終於恍然大悟。他說：「諾貝爾文學獎不是只看一本書的表現，而是這個作者長期以來對社會的關懷」，馬奎斯像其他重要的拉丁美洲作者一樣，永遠爲貧窮弱小的人請命；勇敢反抗內部的壓迫與外來的不適。這本書裡，他巧妙地揉合了虛幻與現實，創造一個豐富的想像世界，並反映了南美大陸的生活和衝突，這部描述馬康多的輝煌、愛與失落的小說，讓他站上了二十世紀文學的頂峰！

要導讀這樣一本二十萬字長的小說，以四十分鐘的時間，的確不容易。

但今天的導讀之敏，以簡要、幽默的語言引導出本書的重點，把隱喻、意象的部分提出，吸引大家的興趣，她知道許多人是看不下這眾多、複雜且人名雷同、情節糾葛、不斷亂倫的百年（六代）家族故事，因此，她是在畫龍點睛，而師父領進門，修行在個人，我相信在她導讀之後，多少會挑起閱讀的味蕾。

指定分享的品竹，半隱居在卓蘭的她，來不及做PPT，以滿白板的書寫做爲她的報告，詳細地說明第二代奧雷里亞諾上校愛恨情仇以及參與革命的故事……口若懸河，對於情節發展的交代清清楚楚，讓人佩服。

雪鴻的分享，是以這本書和《紅樓夢》做對照，這應該是有文學底蘊的人。比較下，同樣是「眼見他起高樓，眼見他樓塌了」，賈府和馬康多家族的榮衰興亡，雖東西方文化不同，但人性的貪、瞋、痴；生命的成、住、壞、空是一樣的。

玫芳似乎是《百年孤寂》這本書的知己，她鼓勵大家不妨以看武俠小說的心情來看它；但是高法官幾乎是持不一樣的看法，他說前三百頁他幾乎不知自己在看什麼，直到後一百頁才慢慢被感動，他形容他在看這本書時，是一步一步匍匐前進的。

還有人是從宗教的看法來分析這本書，三餘讀書會的會友志文也說：我只看了五分之二，但我認爲寫了二十萬字，一定不是在宣揚黑，而是鼓勵大家能看出黑裡的

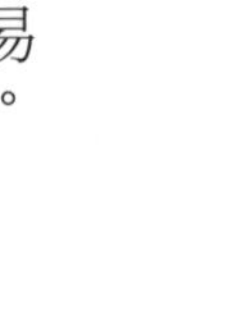

白，充滿了正向的思維。

這個下午喧喧嚷嚷，我們一點都不孤寂……

我帶著三餘六個年輕的會友，在母親節前夕，到七七來取經，滿載而歸，我們要學習的太多，我們要感恩的太多，就用母親節的康乃馨來送給七七的女性會友們，表達我們對不斷在書裡汲取智慧的女人的致敬！

贈人花朵，手有餘香……

仰望不斷成長的母親，今天，好像自己也成長不少……

祝福愛書的媽媽們

母親節快樂！

生日這天

五月十三日

生日這天，無可遁形。

從眞實到虛擬世界，塞爆了的祝福，吃不玩的蛋糕，收不完的繽紛花朵，讓我做一天皇后吧！

其實，生日這天，我照樣生活，像我生活的每一天。因爲該吃的大餐，兒子媳婦請的、親家母請的、學生請的、朋友請的……早在生日之前完成，至於預約之後的還有姑姑的、曉儀年輕四人組的，美好的期待，又讓生日的喜悅延續到六月中旬……

那麼生日這天，我還是要煮三餐，還是要看書要寫作，日子本就恆常如淡水，平凡致遠路……

可能這樣的年齡，再幻想也不踰矩，酒龍在三班群組說的沒錯：

潛在水裡的都浮出水面，以前沒出現的同學都上網了，可見老師的魅力……

就讓自我陶醉一下，也許是我今天收到最珍貴的禮物。

感謝你們，所有的大家，成全我小小的虛榮！

才下眉頭又上心頭

五月十五日

剛剛見到芝嘉姑姑，在她住的三采大廈會客廳裡。發燒三天過後，她依然盛裝打扮，彷彿出水芙蓉，有些纖瘦，卻在鮮妍的柔衫上留下美麗，讓我幾乎忘了她還在暈眩～

思思念念、念念不忘要給我的生日禮物，我說：只要妳健康，就是給我最好的禮物……

拿回家的禮物，包括一封字跡清秀的信。姑姑——

我會在香水味裡，想妳在群芳齊放的春天，舞一曲芭蕾的翩翩身影，跳過芭蕾的女孩～始終把曼妙姿態靜定在妳手足間，

內化成我們學不會的優雅！

然後在每個品酒（伏特加＋溫水）的夜晚，微醺之際，向上天祈禱，讓妳內心的憂傷消釋，身體健康，活出快樂的人生。

謝謝妳爲我和博士弟做的一切，感恩！

他們設計了結婚最美的藍圖

五月十八日（參加蕭傳柔主任娶媳盛宴）

參加過不少同事娶媳、嫁女的婚宴，收到的結婚囍帖多半是坊間印製的成品，大同小異。只有這一張非常特別，是蕭主任兒子勝文和媳婦思婷自己設計的～處處充滿歡喜和貼心。除了有喜氣洋洋的胭脂紅信封，裡面的卡片採雙面印刷，一面是在薑黃底色上印著今天的日曆，大大的紅色18灑著金箔片片，充滿富貴氣息；另一面除在左下角有美麗的小花朵插圖外，是工工整整傳統的邀請文字，我想起這對新人都是台科大設計系畢業的高材生，在他倆設計的結婚喜帖裡，我的確看到創意加上體貼。

蕭媽媽曾說過：會參加婚宴的賓客，大多是父執輩的親友比較多，所以我希望這些賓客看到的喜帖是歡喜的；是眞的喜歡！而胭脂紅不俗，卻傳達滿溢的歡喜氣氛。

新娘說：寫在胭脂紅喜帖信封上的字，用的是金屬色奇異筆，我買了十來枝，因爲筆鋒會愈寫愈粗，於是用新筆寫小字的地址，已經寫粗了的筆就用來寫名字。眞不愧是設計高手，勤儉賢慧可見一斑。

和人力資源發展處的蕭主任認識好久好久，開始比較熟悉則是在二〇〇一年之後。那一年春假期間，和明道老師組團去湖北旅遊，之前，我便去過一次，認識湖北

的台辦徐先生；這次在徐先生盛情邀請下，我們接受落地招待。

記得那時，我請蕭主任當我們團長，因為他的EQ高、斡旋能力好，昇樺則當我們的副團長，是很讓大家懷念的一次大陸行。從此，他又多了一個「團長」的封號，豈知，後來，不知是他糊塗了還是故意，我們之間，他叫我「團長」我也稱他「團長」兩個團長就這樣在這親切的招呼下，建立起更深厚的友誼……

蕭太太溫婉美麗又大方，是立馨箏樂團的一員，多次的琴箏演奏會上，我都是座上賓，每次欣賞著她衣衫飄逸、美麗的身影，聆賞著從她指間流瀉出如行雲流水般的箏音，都會大嘆：此曲只應天上有，人間哪得幾回聞？

據說他們的一對兒女身上都流著他倆善良、能幹、多才多藝……的血液。

今天，坐我身旁的若珉老師就是新郎勝文的高中導師，也是他國中時的美術老師，談起勝文，滿臉的驕傲，她說：勝文國中在美術上就很有天賦，有一次參加美術創意比賽還得了獎……上了高中以後，自己覺得美工科才是他的興趣，所以從高中部轉到她班上，從此，每學期保持前三名，是很優秀的孩子……我邊聽邊想：這樣知道自己要什麼的孩子，還眞不多。多的是：懵懵懂懂、隨波逐流的孩子，以致後來就蹉跎了！如今，他已是台科大準博士、也是該校的講師，勝文眞替自己設計了一條通往人生大道的路！

他的設計作品經常在海內外得獎，但若說他最優秀的設計獎則是二〇〇五年進台科大之後，認識一個叫思婷的女孩開始的，——他們一樣愛設計、愛音樂，都會樂器演奏，到二〇一四年以後，思婷的生活圈就少不了他，也不知他設計了什麼？讓這個女孩從此跟定了他！

設計是什麼？其實它不是膚淺的創造產品。設計是藉由找出最適化的方案以解決問題，它可能是流程改善、或是更好的溝通方式。

許是兩個念設計的男女，因此，特會在婚禮的喜帖、婚禮流程裡，去和父母溝通、安排、解決問題。這次，他們不是前衛的設計師、沒有譁衆取寵的耍技，而是給娶媳的蕭主任夫婦一場溫馨的結婚典禮，告訴大家：我們把婚禮的設計權轉讓給爸媽大人。於是整會場洋溢著小提琴悠揚的樂聲，沒有太多年輕人的遊戲，我們享受了不太喧擾的盛典；他們也不排斥父母人脈安排下的許多政要人士賀詞……早生貴子、早日添丁……每個貴賓如是說，他們依然微笑著……因爲他們知道：父親的人際關係太好了！

難道優秀也會遺傳嗎？幸福也可複製嗎？

在勝文、思婷的眼裡，我看到肯定的答案！

他們設計了人生最美的藍圖，接下來要用每一天、每一月、每一年……慢慢施工，相信兩個設計師的產品，一定是美麗幸福的城堡，祝福他們！

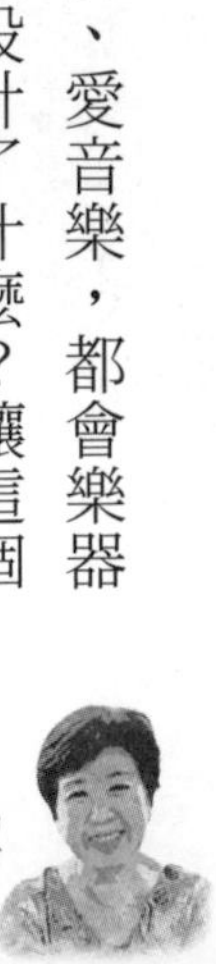

笑迎風雨：我們的第五次……

五月二十三日

今早的台中是風，是雨，叮嚀你們來時路上小心……

無懼風風雨雨的你們，從北台灣的淡水、龍潭、後龍……從南台灣的高雄，一路迤邐的火車外，窗景必也放映著氤氳水氣的影片，美吧！

乾涸的大地因浸潤而柔軟……

等待的心，在看到你們的那刻，綻放出一朵微笑的解語花。

不必說話，因爲你我都懂，這已是四月到現在第五次的同學會了！

當我告訴姪媳芝萍在今天聚會的大廈內、中式宴客廳外的標示牌：「淡江大學中文系同學會」上，加個（五），她說：「三姑，你們是第五屆畢業生嗎？」

非也，而是在今年四月九到十一日大型同學會之後，這是我們第五次的會外會，前四次都在台北、桃園，這次，東道主（甘班長和夫人）班師到台中來請客了，讓眞正台中地主的我慚愧不已，這也是本班的陋習：搶著付錢！沒有地域觀念，一次，住在高雄的嘉瑩，還約南北同學在高鐵桃園青埔站的餐廳吃午餐，然後乘著夕陽羽翼歸去。高鐵，成就了一日生活圈，而大家興致也高，無畏距離，笑迎風雨，只要多一次見面，就多一份美好回憶！

複製每一次的快樂，而今天，在台中。
念此際，你們已各自回到南北的家居，
一條思念的路，便展向兩頭了～
想你正在疲累的旅程之後，沉入夢鄉。
我卻一直在耳畔迴繞著我們一起唱的歌：
……
趁著今夜星光明輝／讓我記住你的美……
朋友，沒有離愁，不久又要見面了，不是嗎？

童顏／歡顏

五月二十四日

這是一張孫子E寶在五月中旬獲頒該校有品MVP（銅牌獎）的獎狀，喜歡獎狀上的文字：「代表您願意將良心當作一種態度、一種性格、一種典範，這是一個勇敢且美好的選擇，恭喜您！」

其實孩子並不了解文字上傳達的意義。

但他不虛假、一派天眞的善良童顏，的確換來爺爺、奶奶由衷的歡顏！

無關成績，也不來自獎狀的光環，而是他選擇了最美麗的人性～善良，對周遭同學的扶持、陪伴，讓他獲獎，這樣的品格，成就他走上不憂的仁者之道，是多麼令人高興的事。

小N寶的天眞童顏，更是大人們歡顏的所在！

聽聽他的小故事：

晚上九點了，陪我們看電視的他，發現睡覺的時間到了（父母規定的上床時間）

他有點依依不捨地向我們道晚安，然後老氣橫秋的對我們交待：「你們如果看累睡著了，半夜，我會抱你們上床……」

這應該是他媽媽的語言，我們點頭說：好！未料，不久，他從房間拿了小毯往我身上蓋：這樣才不會感冒……心想：又一善良孩子。

小孩，學的是父母的行爲，他們是反照父母的一面鏡子，我們的一舉一動能不謹慎嗎？

三個射手座的孫子

來去台東

五月三十日到六月二日

你若來台東／請你斟酌看
出名鯉魚山／也有一支石雨傘
初鹿之夜／牧場唱情歌
紅頭嶼／三仙台／美麗的海岸
王梨釋迦柴魚／好食一大盤
洛神花紅茶／清涼透心肝
你若來台東／請你相招伴
知本洗溫泉／予你心快活……

曾到大陸知名風景、古蹟的地方去旅遊，彷彿一路玩著，就冒出〈大陸尋奇〉主持人熊旅揚的聲音……在耳畔講解；而去台東，台東的聲音是屬於沈文程的這首台語歌：你若來台東／請你斟酌看……

和幾個女弟子早約好五月底去台東拜訪她們的同學，也是我的第一屆學生——杜銘章教授。杜教授五年前在台東高頂山生態園區買了近一甲地，那時，我和先生曾站在剛開始規劃的農場前～一片微陡丘陵是廣袤的綠野，襯著蔚藍天空、以及台東才有的潔白雲朵，我們都在腦海裡畫下憧憬中的美麗藍圖，屬於開發後的農場景致。

如今，是實現夢想的時刻！許是變化太大，我幾乎忘了當年站的位置，就像嬰兒的臉一下子變成大人，好陌生。我只好靠著銘章的導覽去回憶那塊處女地，是怎樣的篳路藍縷、怎樣的汗滴成河、怎樣的日夜耕耘，才成就今天的美景？

我們住得舒舒服服的農舍；長得一人高、有美穗的玉米；成群向日葵面對太陽展笑靨；成列的鳳梨小士兵排隊井然；攀在鐵架上開得燦爛的南瓜花；還有累累垂掛的青青檸檬；已然結實可辨的咖啡豆……「大地藏無盡」，魔術般地長出各種蔬果，其實都是這位教授農夫和他可愛的夫人、兒子努力下的成果，眞的！「勤勞資有生」，「念哉斯意厚」，我們都該「努力事春耕」。

其實，這些農產品、農舍，一般農夫都可及，但杜教授從台北移民至此，還有一個夢要圓——開蛇博物館、蛇咖啡廳，聽聞此事，你切莫驚！

若你知杜教授是蛇類專家，他認爲無毒的蛇應是可愛、可親的動物。以他數十載的研究，他覺得一般人對蛇的誤解太深，他試圖要改變大家的看法，他準備養三百條蛇（他說在台灣，有毒的蛇才十種），有些關在展覽室，有些還可放在咖啡廳，與人互動……看倌的你，覺得可行嗎？

王蛇會吃響尾蛇，玉米蛇吃老鼠……於是，我先去看玉米蛇的食物：老鼠，小白

鼠不斷的繁衍，那是一群玉米蛇的盤中飧，這也是食物鏈，我們人類吃的更多：牛、羊、豬、雞、鴨、鵝……除了素食者，我們比蛇還可怕，不是嗎？

因了解而解惑，我和秀蕙突破心防，接受了蛇的擁抱，讓褐色斑駁的玉米蛇纏繞成手環，讓白素貞在我手上起舞，秀蕙更勇敢地接受蟒蛇往她頭上去，好像戴了一頂冠帽……其他女士還是敬謝不敏！看來杜教授要一般人接受蛇的路還很遠呢，我之所以不懼，並非我是勇者，而是我有轉化的能力：

白蛇啊，妳是那癡情的白素貞嗎？為報許仙一傘之恩，甘受人間苦難，以致被壓於雷峰塔下，千年之後，我是不是妳想盼、念茲在茲的人啊？

哈哈，這就是文人說夢吧！

再回到台東的主題，夜已深，自然景色、空氣、陽光……不必我說了，只覺那海岸線、那澎湃的浪花、那吹過耳畔的清風、那暗夜閃亮的星星、那片黃色的稻田、綠色的原野，不說也罷！都在我回到西部的家之後，成為我腦海裡去之不掉、戀戀難捨的圖畫……原來學會「遺忘」竟是一門深奧的學問！

是英雄還是惡魔？：《當代英雄》在三餘被熱烈討論

六月三日

五月二十二日會前會有十一位會友參與～

在這次的會前會中，會友有故事、有情節、還有心理分析…閱讀的多元面向十分吸引我。三餘會友的前置作業做得眞好～「凡事豫則立」這是好的開始，成功了一半。

六月三日例會，大家果然以不同的方式和主題切入文本，精彩極了。

朋友！如果想認識讀書會的運作，這次，眞的是典範。

讀書會的會前會，不受制於時間、有更自由的分享空間，所以在暢所欲言之下，會友們擦出的火花燦爛到例會中，久久不散。

指定分享呂瑛玲，之前也透過Line，上傳給三餘社群《當代英雄》書中的景點——介紹大高加索山脈、塔曼的風景照片，讓大家在讀塔曼時可以參考。

讓我恍然大悟：原來寫景用心描繪的文字功力，讓我們可以有無限的想像空間；但百聞不如一見的功力～往往來自一張眞實美麗的風景圖片。

梅麗公爵小姐中的瑪祖卡舞～也呈現在她上傳的一齣芭蕾舞劇影片中，好生動的

瑪祖卡舞，躍入眼前，又是落實了文字的描述，既賞心悅目，實境演出，也填滿了想像的虛擬。

在俄國作家萊蒙托夫經典小說《當代英雄》中——我們看到的是佩喬林與貝拉、烏丁娜（水妖精）、梅麗公爵小姐、薇拉四位女子或長或短的奇異的情感經歷，與馬克辛·馬克辛梅奇上尉、維爾納醫生之間，令人唏噓感慨的友誼，以及由他的「生死由命」之人生感慨而演繹出的一場人生遊戲～

在忙什麼呢？忙著苦悶！到底是什麼樣子的時空背景下，才會塑造出像佩喬林這般既自大自私又自憐的人呢？～導讀之言

我的確對佩喬林性格最有感覺（P.64-65）

佩喬林——二十五歲軍官：

1.青春年少瘋狂地享受一切能用金錢買到的快樂～很快就厭煩那些快樂。

2.之後進上流社會，一再愛上那些上流美女，也被他人所愛～心靈依然空蕩蕩！

3.開始閱讀、學習～發現學問跟榮譽、幸福無關，因爲最幸福的人都是無知的人。

4.剛被調到高加索所來，是他一生最幸福的時光，才一個月，就已經習慣槍林彈雨，習慣死亡……到頭來比以前更加苦悶……

「我的靈魂被這個浮華世界毀了，只剩下不安分的遐想、不得饜足的心，我多麼

輕易就耽溺於憂傷……我的生活變得日漸空虛。」

這不就是海明威在其創作的小說《太陽照常升起中》所說的「迷惘的一代」也就是「迷失的一代」嗎？

被媽媽慣壞了的佩喬林，要什麼有什麼，也無怪他對一切得到的幸福一無感覺，甚至成爲只愛自己、不愛他人的人，應是一面家長教育子女的鏡子。

這本書其實講了五個故事

第一篇〈貝拉〉講佩喬林遇到年輕淳樸貝拉的愛情故事，希望從對她的愛中汲取新的生活動力，可這愛非但沒能拯救他，反而給貝拉帶來了毀滅。

第二篇〈馬克辛．馬克辛梅奇〉，講佩喬林從前的指揮官和朋友馬克辛．馬克辛梅奇與冷漠的主人公的會面。佩喬林要去波斯，結果毫無目的、毫無意義地死在路上。小說主人公的悲劇通過佩喬林的日記在心理層面上得到深化。

第三篇〈塔曼〉講漂泊的軍官佩喬林，在高加索山最西端的黑海岸邊小城塔曼的一段奇遇。他恰好借住在一夥走私犯的家中，夜間目睹那家人的走私場景。出於好奇跟蹤走私集團的水妖精烏丁娜，驚擾了他們的安寧，險些喪命。

第四篇〈梅麗公爵小姐〉在溫泉鄉舞風城療養期間，佩喬林出於對老朋友格魯什尼茨基的妒忌，同時也是爲了間接地接近舊日情人薇拉而佯裝追求梅麗公爵小姐，因而遭到格魯什尼茨基的報復。佩喬林決定以一場決鬥了結此事。他殺死了格魯什尼茨

基，拋棄梅麗公爵小姐，但薇拉已悄悄離他而去。

第五篇〈宿命論者〉寫軍官們在少校家裡打牌，他們談起人的命運問題。中尉烏里奇不相信人的命運是由上天決定的，他願以此和別人打賭。佩喬林掏出二十枚金幣，賭烏里奇今天必死，烏里奇從少校房間裡掛著的手槍中隨意選中一把，對著自己的腦門開了一槍，槍沒響。烏里奇贏了，但是當晚，烏里奇卻被一名哥薩克醉鬼砍死。〈宿命論者〉是一篇心理故事，證明佩喬林無論如何還是能夠有所作爲的。

以上五個故事大概情節，得自導讀的PPT資料；其他指定分享從高加索地區景色描寫、情感刻劃介紹，切入的角度多元，圖片、講義的輔助，讓一本多重敍事的交響曲在這個夜晚迴繞響徹每顆心靈。

即使俄國文學既深又大，心理的描述深刻入髓，但是師傅已領進門，修行在個人，窺其堂奧之美，就在導讀之後吧～

昔別君未婚，兒女忽成行……

六月八日

參加各種同學會～自己初、高、大學同學，不管是幾年前或多年後，我們總以相同的速度老去，走著走著，有人就這樣從隊伍裡消失，一個、兩個、三個……恍然悟出：「訪舊半爲鬼，驚呼熱中腸」杜甫當年寫詩句的愁緒不是假的。

參加各屆學生的同學會～畢業十年、二十年、三十年、四十年……的學生，總會在歲月裡成長、成熟，總會走出我當年眼瞳裡屬於他們的稚嫩，走向肚圍漸寬、髮絲漸疏的中年甚至黃昏之境。

昨天相聚的是一九九四年畢業的。其實高中畢業二十到二十五年，是他們家庭、事業最忙碌的時期，能五年一次開同學會，已屬難得。距二〇一四相見，這次如雨後春筍般冒出的孩子們，成爲同學會的另一種風景，剛開始遇見這群第二代，我又想起杜甫的那句詩：「昔別君未婚，兒女忽成行……」

喜歡看到有些攜家帶眷的，一家五口或四口熱熱鬧鬧，其實所有幸福家庭都是一樣的：新好男人、被寵的太太、可愛活潑的兒女！孩子在一起，自有他們玩樂的方式，一起玩撞球、玩手機、或畫畫、寫功課……這些孩子的父母，當年都是模範班的

學生，孩子自是遺傳他們的優點，個個看起來靈巧、活潑。

也有單身獨來的男生，他們是來尋夢的：明道多少事，盡付笑談中！尤其打破師生藩籬，大家舉觴和往事乾杯的痛快，不言而喻；獨身女子則在沒有孩子羈絆下，悠閒自在地聊天、微笑，彷彿歲月放過了她們，一派優雅。

我在一圈一圈的人群中，偶爾參與他們的話題，只見一張張臉上的笑容像漾開的漣漪一層層，好美！終把很大的R19吵成鼎沸的市場，再也容不下外面的世界，時光暫停歇在一九九二年到一九九四年。

那年，我和他們其中三十人，一起爲明道國學講壇揭開電腦教學的新紀元，一九九三年五月十二日，我們在古典教室、啟動電腦教學、上〈赤壁賦〉的那一幕，永誌難忘。有名大學的知名教授坐在講台下，聽我的教學觀摩，一晃竟也過了二十五年，看到這群青青子衿，我心悠悠，相信往事並不如煙，這都是我們共同的回憶。

「逝者如斯，而未嘗往也；盈虛者如彼，而卒莫消長也。蓋將自其變者而觀之，則天地曾不能以一瞬；自其不變者而觀之，則物與我皆無盡也……」

十七歲時，跟你講蘇東坡的水月之論——變與不變之理，那時你懵懵懂懂。現在，你也到哀樂中年，當有所體會吧！

變的是容顏，不變的是初始遇見彼此的心，你們的生命之河在兒女接續中滔滔不絕，今晚的上弦月，在十五將圓滿不變，我們期待、等待……下一個相聚的日子，這期間，請大家都要有不變的幸福喔！

#二〇一九年六月八日在R19層峰會館參加明道高中部八十三年畢業同學會有感

從香港返家的路

六月十五日

因學生信慧之約（早在兩星期前就買好機票），走了一趟香港……在香港「反送中」抗爭活動如火如荼進行之際，極端歡樂之名～「迪士尼好萊塢酒店」好像帶著反諷的上揚嘴角對著我，處處有米老鼠可愛的圖案、雕塑，在這美麗的氛圍裡，我的心卻飛揚不起來，因爲人間猶有煙硝味……

接下來，腦子裡放映的全是張愛玲以香港爲場景的《傾城之戀》～

柳原嘆道：「這一炸，炸斷了多少故事的尾巴！」流蘇也愴然，半晌方道：「炸死了你，我的故事就該完了。炸死了我，你的故事還長著呢！」

這堵牆，不知爲什麼使我想起地老天荒那一類的話。……有一天，我們的文明整個的毀掉了，什麼都完了——燒完了，炸完了，坍完了，也許還剩下這堵牆。流蘇，如果我們那時候在這牆根底下遇見了……流蘇，也許你會對我有一點眞心，也許我會對你有一點眞心……

是的，當炸完了、燒完了、城將傾——斯時，若有人還在恐慌的你之左右，油然而生的必是相濡以沫的心緒；何況是相愛的兩個人？

話說，是飛機起飛的城市在抗爭，影響了我們回家的路？

或是另一個停靠的城市風強雨驟，不讓起降？

（至今我仍曖昧不明，因爲往內陸去的航線也多班都延誤了）

總之，我們的航班Delay，看板上從

「19:50——預計21:00」到「19:50——預計21:25」……

有班機甚至還被取消了！當時，慶幸只是延遲，否則將流落機場、夜宿機場！

其實也無異於流落機場，擠滿人群的機場，等候的休憩椅一位難求，坐地上的年輕人仍然陶醉在他們耳機的世界裡；星巴客排的蛇形隊伍轉了幾個彎；餐廳擁擠、免稅店擁擠，香港機場兩個小時內大發利市——連我都買了一個登機箱（卸下肩頭之重），信慧也買了潘朵拉手鍊及一些藥品，如果不是多停留兩個小時，我們會繁榮香港經濟嗎？正是「人出不來，貨銷得去」…

終於上了返台的班機～離開仍在抗議的城市……

坐上在桃園機場等候我們的兒子轎車已深夜十二點，迎接第二天的是滿城的風雨，沐浴在大雨中的城市，視線不清，我的腦袋也開始模糊，第一次感覺：

回家的路還眞遠！

滿室光彩，照亮前行之路

六月二十二日

據說：居禮夫人的一個朋友到她家作客，忽然看見她的小女兒正在玩英國皇家學會剛剛獎給她的一枚金質獎章，不禁大吃一驚，忙問：「居禮夫人，現在能夠得到一枚英國皇家學會的獎章，這是極高的榮譽，你怎麼能給孩子玩呢？」

居禮夫人笑了笑說：「我是想讓孩子們從小就知道，榮譽就像玩具，只能玩玩而已，絕不能永遠守著它，否則就將一事無成。」

榮譽就像玩具，只能玩玩而已！絕不能永遠守著它……

這樣教人淡泊名利的深奧哲理，也許對「過盡千帆皆不是，斜暉脈脈水悠悠」的老年人能懂；但對十一歲外孫Howard，終究無法體會。

所以，他把榮耀的徽章、驕傲的獎盃化作喜悅的象徵，成為鼓舞他繼續前行的力量！其實，對成長中的小孩，我喜歡這樣積極、正面的思維。父母該擔心的反而是孩子太早的「看透」，不是嗎？

我認為：年輕時要信仰儒家，知其不可而為之；等到老了，才走上道家清靜無為、崇尚自然之路。

我的外孫是戰鬥力、忍耐力很強的孩子，三歲半開始學武術，蹲馬步，嚇走不少想學的孩子們，但他憑好勝心、極大忍功熬出頭，四歲半，站在洛杉磯佛光山西來寺五百信衆前表演，毫不畏縮，從此，參加各種州裡、外州比賽，過關斬將，獲獎無數，九歲時，入選全美武術二十代表之一，年齡最小。……今年因他武術教練調到夏威夷去，暫時中斷學習……

轉眼，上了小四，他最近的榮譽獎章都來自：數學。

一頭栽入學校奧林匹克數學研習班，又傳來許多佳音，從視訊、相片上，我知最近他有三個數學比賽獎牌：全美小學生數學競賽，前十名（紫色獎牌）；數學奧林匹克銀獎；科州小學生數學競賽個人組第二名、團體（五人）第三名。

此刻，他又變成「數學小子」了！恭喜他。

暑假到了，他很高興，因爲空了一年（先生去年腎結石入院）沒見面，八月初，我又要當候鳥啟程，飛往他的城市，據說長得很快、幾乎和我一樣高的他，是否進入怪異的青少年期？我們還能那般親密無隔嗎？

期待相逢時的擁抱，我來了！

好像家人都在旅途中：六月家聚於豐饌御鴨樓

六月二十三日

本來輪到我主辦的家族聚會應在五月中旬左右，但外甥出差到墨西哥，麵粉公司員工也有吳哥窟旅遊，於是順延到六月，等大家說好時間，已是六月下旬。

現代的人眞忙！要湊個一起吃飯的時間不容易，但爲了保留家族傳統與默契，讓家庭更緊密，我們的聚會從不輕易中斷。卽使移民在西雅圖的侄兒John Lin夫婦，也會趁每年清明返鄉掃墓之際，盡他們的責任，請大家相聚，我們重視的不在佳餚，而是每兩個月訊息的傳遞和親情的連結，這樣的聚會，先父很喜歡，感念上一代父母對團結家族的美意，我們怎能忘了他們的遺愛？

這算是出席最少的一次，僅一桌十二人。原因是：家人都在旅行途中……

六月，屬於驪歌初唱、鳳凰花開的畢業季，第三代的姪孫、女們有的國小畢業、有的國、高中、大學畢業，於是我們爲在人生旅程中揚帆起碇的他們祝福：美國的姪孫斌漢到加州投入醫生的行列；嘉俊研究所畢業，到上市化工廠專攻電動汽車電池研發工作；姪孫女宜亭考上台大碩士班專研金屬材料……長江後浪推前浪，後生可畏，想當年的孩子都長大了，我們焉能不老？

而從家庭line的群組，六月塞爆的照片是到處的旅遊：二姪女夫婦搭郵輪去歐洲；五姪女夫婦和兒子從紐約開了三千英里路到加州，路過科州拜訪我住在丹佛的女兒家；六姪女去溫哥華看女兒順道至西雅圖拜訪John堂哥、堂嫂……而大外甥正在貝加爾湖旅行……更妙的是姪女Cindy一家從紐澤西到北卡旅途中竟巧遇從芝加哥來的姪孫女Cathy和男朋友，天下也太小了吧！這或許就是緣分。

緣分，讓我們一家人即使開枝散葉，那挺立的樹身，仍舊，
只要我們有根~我們便擁有最真實的存在。
下次的聚會，將會席開五桌，我們都在期待，日子因期待而美麗！

人生的追趕與取捨之間……

六月二十五日

之一：要不要追趕？～人生路慢慢行吧！

上星期，去林口兒子家，正是小二孫子E寶面臨期末考前的準備時刻。認眞復習功課的E寶，沒有時間陪弟弟玩，N寶有點無聊地擠進我們房間，和我們聊天：

「哥哥平常對我很好，但只要一遇到考試就脾氣很壞，不能跟他講話……」

是的，有一天，你上了小學，功課很多，考試很多，那時，你便會了解哥哥的心情。

接著他又說：「我很希望和哥哥一起上小學，但我去上他的小學時，他很快又要進國中；等到我上國中，他又到高中學校去，我都沒辦法跟他在學校玩……」

沮喪盡在N寶臉上，也許差了四歲，讓他們失去共處同一學程的機會，但有些東西不必急著追趕，像長大、像老去……生命之果不待催熟自會飽實、蒂落、凋零、腐朽……

人生路，慢慢行～且行且吟，聽出每一段生命樂章的美好！

之二：取捨之間

從接下本學期每星期二午間的這堂課，我早就料到會以「不捨」結束。

一直覺得自己太感性，不管教了六年、三年、一年或差肩而過的一學期、二個月……

教學的使命感讓自己在面對放下時很沉重，無法輕輕地揮一揮手，不帶走一片雲彩。

以前的教學生涯是縱一葦之所如，在浩浩之海上，馮虛御風，彷彿瞬間，輕舟已過萬重山！那些孩子們給的美好成績單，不敢居功，是與特優孩子們一起共創的美好；他們沒有我，成就依然輝煌。

但退休的十多年後，接了這幾個特教生～

深深感覺：他們才是眞正的需要我！

每一個眼神都那麼深邃，讓我達不到他們心底的渴望……

卻在十堂星期二的課後，

今天～

他們說：老師，如果我還有不會的語文問題，要去哪裡找妳？

原只是帶著幫忙課餘輔導國文心態的我，突然有了一股不捨，

捨與不捨交戰成告別前的難題……

我還是要走，甚至遠走高飛，不再回頭，

你們的路要自己走，沒人能永遠幫助你們，即使親如父母、老師的我們——只能陪你走人生的一段。（但還是留下FB聯絡方式）

離開前，請你們吃Godiva巧克力（朋友送的），順便講這巧克力背後動人的故事，但不知其中有聽障的他聽見了嗎？

人生本就不公平，請記得阿甘正傳中阿甘母親的話：

「人生有如一盒巧克力，你永遠不知道將嚐到哪種口味。」

即使拿到不同口味的巧克力，請你接受它，終將嚐出它的美好滋味！

之三：也是不捨

爲了不捨蘭馨剛開始成立的讀書會，我留下來了，成爲蘭馨的新會姊。帶引妳們初嚐大家共讀一本書的滋味，眞好。

第二本書《蝸牛食堂》也是我導讀，想必妳們還不熟悉運作。那時來了十多人，我們選了女子偏愛的主題，而我也因之前在三餘時做了精彩的PPT加上電影放映，大家同樣興趣盎然、滿載而歸。

接著第三本書《享受吧！50後的第三人生》出席的人數眞是銳減。開始安排蘭馨會姊導讀，我是指定分享。可惜，洪會姊準備好的媒體資料無法播放，但她仍用口頭報告導讀，佩服她的臨危不亂，十分精彩。輪到我分享時，臨機一變，將它變成座談會，用PPT引導每個人討論，讓大家都能暢所欲言，於是滿座皆歡。

於是，我發現讀書會的另一種方式……

蘭馨是剛啟程、待開發的讀書會，一定要維持下去，所以想盡各種不同進行方式，讓它可以發展得很好，推動之力，捨我其誰？

爲了讀書會還未健全，我不捨離開蘭馨；同時，也爲鼓勵我那個熱心公益、全力以赴、不怨不尤的新任會長朱秀蕙，我終於加入成爲蘭馨國際交流協會的一員！

七月伊始，我們在益品書屋解讀安伯托・艾可的《試刊號》

七月一日

1-1前言之前言

每年暑假，明道中學的七月，是全校的淨空期。意味著：學生放假、老師休息、校園淨空，讓喧騰了一整個學期的一切的一切岑寂下來……我家就位在學校附近，感受特深。沒有了學生們的身影，學校彷彿被抽掉靈魂的硬體，兀自空虛杵立著，讓我連走過它的門外，都不自主地以貓足之塾，靜悄通過，才發現學生們的喧囂竟是整個校園充滿活力的因子，開始懷念起那樣的躁動！

1-2來到前言

因爲校園的淨空，生活起了變化。原本在校內的讀書會例會，七月這個月，總要移出境外。今天我們來到惠文路361號的益品書屋舉行～這是標榜「讓閱讀成爲最美的風景」的地方，果然優雅、安靜。書店不賣書，完全以閱讀爲主，不提供wifi和插座，讓讀者整個沉浸在書香的世界裡。

這樣的閱讀空間，人的一顆心眞的可以完全沉澱下來……連靈魂都不想出走。

這是對愛書人最禮遇的地方。

進到這優雅的環境，每人只要一百元的入場費用，不限時，並提供了咖啡、茶、冰沙等飲品，同一天憑發票，可再次進場……

2-1靜定在書屋

出席二十一個會友，在完成書屋好奇巡禮之後，選定自己最愜意的座位，開始聆聽今晚閱讀團隊解讀安伯托．艾可的《試刊號》。

0-1出發前的準備（我自己的閱讀報告）

對不了解義大利國情、背景的讀者的我來說，這不是一本容易閱讀的書籍。

所以我先讓行家的推薦文洗腦一番，例如：

——艾可將他所鍾愛的懸疑情節，巧妙結合了政治諷刺，寫成了這本有深度、有趣、又刀刀見骨的懸疑推理小說……《書單》雜誌——

（文本開頭：今早轉開水龍頭，卻沒有水流進來。水的總開關被關上了，不是我關的。更確切地說，我甚至不知道總開關在哪裡？昨晚睡前我吃了安眠藥，那時還有水，這天是一九九二年六月六日星期六，日期就透露出不祥。關掉總開關是一個警告，有人進入我家。他們在找什麼？答案顯而易見：是那份報紙……兩個月前，我被重金聘請擔任《明日報》的主編……）顯然《書單》雜誌看到這懸疑面向。

——在《試刊號》中，艾可把矛頭指向媒體和電視，錯縱複雜的偽資料和操控，

一場華麗的政治風暴疑雲。《瑪莉安》周刊

——透過《明日報》這個將議題、主角、事件玩弄於股掌間的資訊造假機器，艾可意有所指、樂此不疲地說故事，讓他的小說世界更鮮活、荒謬、嘲諷而弔詭。《信使報》——

艾可在此書中，以編《明日報》爲主軸，拼湊了一些惡搞和陰謀懸疑的內容，而他本人卻保有一貫置身事外的遠觀視角……，所以有人說他是老頑童。

（文本：主編將這份報紙取一個迷人的名字：《明日報》，他們要關心的不是「舊聞」，而是明日可能發生的「新聞」，他計畫在一年內做十二期，但不會在市面上發行。）

因爲這位報紙背後的創辦人是媒體和旅館大亨威梅爾卡特先生，他的目的不是眞的要做一份新聞媒體，所以主編對主角說：「只要讓知道他的某些人看到就好，一旦威梅爾卡特先生展現出他有能力讓金融圈和政治圈陷入困境，那些人說不定會求他罷手，到時候他只要放棄《明日報》就能換來進入那個小圈圈的通行證……」

而主編之所以請這位作家幫他把整個編輯過程寫成一本書是因爲：「這本書要呈現的是另一份報紙的理念，展現出在那一年中，我如何竭盡心力籌辦一份符合獨立媒體精神、無畏外在壓力的典範報紙，而最後之所以失敗，是因爲自由之聲沒有生存空間。所以我需要你幫我杜撰、構思，寫出一部史詩來……」

——如同對媒體界潑硫酸般的嚴厲鞭笞批判！《回聲報》

——可以說這是一本當代媒體教科書！《快訊周刊》

——書中探討網路時代新聞媒體的荒腔走板。《晚報》

……

說它是一本屬於我們這個年代才有的小說並不爲過，故事背景是在一九九二年的米蘭，主角原本是一個自由作家，被一位正要創辦報紙的主編找來記錄他和這份媒體的故事……不單純的編報動機，和現在報紙、電視台以顏色來發聲又有何不同？顯示出的是：掌握媒體者對於權力、財富和名聲，那些或張狂或潛藏的暗黑慾望，是如何形塑了這個媒體再現事實的方法……

由於媒體主編要讓什麼新聞彰顯或隱晦，完全掌握在他自己的自由意識……也讓我了解到一個眞理：不是新聞成就報紙，而是報紙成就了新聞！

讀文本，除了「明日報」（虛構的新聞）是一主線外，另一主軸則放在義大利的「另一種歷史」～關於法西斯主義者墨索里尼在一九四五年時並沒有死亡……（也就是虛構的歷史）一連串的懸疑、解疑，應該十分精采，若對義大利歷史、政治了解的讀者，定會爲追蹤墨索里尼死亡之謎的故事著迷；但我卻如墜五里霧中，光那些人物長達十多個字的人名，便扼殺了我閱讀的興趣，要不是我一向的原則：再難讀的書，都要讀下去……我可能會掩卷而去。

還好我在霧煞煞的關於義大利虛構歷史中不斷昏眩閱讀下去，終於在P.227中有了一個明朗的答案（對我來說是很關鍵地統合艾可對墨索里尼死亡之謎的解密）：

（艾可要說的故事，基本上重建了這麼一段歷史：大家以爲墨索里尼已經死了，其實他的影子主導了自一九四五年以降，甚至直到今天爲止的義大利所有重大事件。他眞正死了之後，掀起了義大利歷史上最恐怖的風暴，捲入其中的有敵後行動、美國中情局、北大西洋組織、短劍組織、共濟會P2分會、黑手黨、義大利情報組織、軍方高層、包括政壇大老安德烈歐蒂和總統柯西嘉在內的部會首長……）

若我再說下去，你可能也沒耐性再讀了，就跟我跳過一連串文本中關於描述墨索里尼之死牽連的複雜關係之敍述……

2-2

現場是準備很久的工作團隊會友們，以個人的觸角在解說他們看到的面向：

導讀帶著大家逡巡文本內涵（實在是辛苦的探討）

指一志文，像艾可的粉絲，講著關於艾可本人和他創作的其他書籍，深入淺出，充分發揮小學老師唱作俱佳的魅力，也由於她鑽研之深，讓我知道艾可學問之大——哲學家、歷史學家、文學評論家、美學家、符號語言學權威……難怪書中展現他的無所不知，獲寇克斯評論：「有趣的拼湊，令人玩味！」

指二凌健，一針見血指出「《試刊號》是一反諷文學1.寫眞實卻使用杜撰2.寫新聞卻用過去的時事物3.要影響大眾、卻引起更多的不相信4要成就偉大的眞實，卻用了一群失敗的小人物。不愧是閱讀達人，一語中的，讓我豁然開朗。

指三淑娟，延伸閱讀，談現在媒體新聞的亂象——假新聞、造神運動、不當的記者採訪……等等讓人厭倦的過度報導，都讓我們引出共鳴、迴響。

3-1

想想：當一群人讀著一本不容易讀的書，那很像在集資，購買最寶貴的藝品；也像是登美麗山峰之前的努力，大家手拉手，一起攀爬看風景去，

像愛德華·摩根·佛斯特之言：唯有連結！

連結，讓我們完成「一代大師的完美句點，艾可最後一部小說」的閱讀。

讀不懂，沒關係，

After all, tomorrow is an other day~明天，又是全新的一天！

郝思嘉如是說，本書作者艾可也這麼說。

#二〇一九年七月一日三餘讀書會例會在益品書屋

從台地到海洋的距離：兩全其美

七月六日

在看達悟族作家夏曼．藍波安的《大海之眼》，其中一段記錄作者帶蘭嶼的爸爸去台東長濱探望十九歲就和山東士官私奔、已失聯十三年的姐姐時，談到有關「遙遠」的一些概念，其文思的敏感度，讓我驚奇。

他們從蘭嶼到台東成功漁港下車、轉車。夏曼說：「亞罵（爸爸），這兒是Singku（新港），還有一半的數字，就到姊姊家了……」「好遙遠啊，你姊姊的家」為什麼遙遠？我認為這個爸爸由於思女心切，即使才三十分鐘，對他來說都是不能忍耐的遙遠！

於是夏曼說：遙遠，那是新民族帶來的距離，鐵殼船帶來的移動距離，公路局車計算的公里數，車價差別。「遙遠」是啟動思念的親情細胞，也是彼此疏遠的無限距離。父親生於一九一七年，那已經是日本殖民台灣諸島的世界，也是日本武士沒落的年代，此刻，父親走往姊姊移居的村鎮，對於我們都是走向陌生的天空，遙遠的距離近了，那是數據；然是，心靈裡的數據，從姊姊為人母親的那一刻起，我們其實已經在書寫了，彼此間，那道遙遠的實質故事……

「海洋」對於我們，那是親情連結最近的距離，血液通信的郵差……

泰戈爾不也說過嗎？「世界上最遠的距離，不是生與死的距離，而是我站在你面前，你不知道我愛你。」可見遙不遙遠是相對論，非絕對論。

所以，若你啟動想念、欲前往的細胞，可能「再遙遠的距離」都是咫尺；若心念不想、不願意動，那比鄰之距便是天涯了。

回到我自己。

爲了兒子的生日聚會與三餘在羅布森的會前會時間衝突，我頗爲焦慮。

魚與熊掌不能兼得，怎麼辦？

兒子平日忙於看診、開刀，只有周末、假日有空。（所以七月十日的生日餐敘提前到七月六日星期六）；但另一個很有誠心的蘭嶼之子搭船十四個小時渡海到台灣，輾轉來到西部——他是《大海之眼》作者夏曼．藍波安。他要親自蒞臨羅布森獨立書蟲房，參加我們三餘的會前會，怎能錯失這面對面對話的機會呢？

幸好貼心的兒子自動把餐敘提前到星期五（七月五日）晚上，我們在林口臺地的「洛琳莊園餐廳」度過二小時美好時光。今天（七月六日）一大早，在兩個孫子不捨之眼神、不肯說「再見」的爲難下，我們匆匆趕回台中，正好是上午十一點，我趕上了下午兩點在羅布森舉行的會前會~兩全其美！

眞的値得！距離不是問題。我終於看到《大海之眼》的作者，一百七十五公分

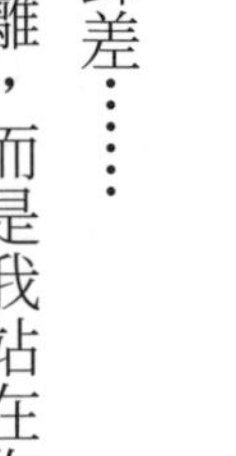

高。黝黑皮膚下那顆海洋之心——不願被馴化的桀傲、沒被漢人污染的赤忱、走出狹隘島國的胸襟、以世界爲眼界的遼闊、……都讓自以爲比他們文明的閩南人感到慚愧！

原來從林口台地到海洋的距離不遠；但要追趕他——以天下爲家；以眞誠、坦率爲心的距離太遙遠，非一蹴可幾啊。

#感謝羅布森獨立書蟲房的老闆，已經營到六年，於休息六十八天後，在上星期六重新營業，他的感觸只有四個字「純粹閱讀」。他會繼續下去，完成他「不管賺不賺錢，維持十年不倒」之宏願，我們才得以有如此優雅的地方開會前會。

#因八月五日才是三餘例會，所以此文暫不討論書中內容。

重回清流部落

七月九日到十日

好久，沒在雞啼中起床；就像好久沒在蛙鳴裡入夢！

因著達悟族的夏曼先生，我又想起塞德克族的表弟妹、舅媽。

一年前的七月底～八月二十左右，我在清流，獨居璞園的日子，充滿回憶。

那時正是璞園初啟、山鷹待飛的時期……

璞園是家族休憩的民宿；山鷹則是遊客露營的美地。

那時座落在仁愛鄉清流部落的璞園和山鷹是岑寂的，像靜坐在夜空裡的一顆寒星。

中秋伴孤月，清風在暗夜流轉著我的寂寞，

斯時，附近的落羽松、溪畔、星願村（三個露營區）人聲鼎沸、營火閃亮了每張歡笑的臉龐；我卻和虹鈴表妹坐在璞園裡對商大計……

拜E網之賜，成立粉絲頁，把合法的山鷹露營區推出去～

兩個月、三個月……歲末跨年，熱滾滾的人潮，終將我擠到靜默的璞園之外。

從此，我成爲山鷹的過客，不再是歸人！

表弟妹準備好了！五年的沉潛，蹲下是爲了躍起。

露營區現在每逢假日、節日，一帳難求，我再重訪，那孤芳獨吐的梅園、那靜悄無聲的湖邊……地貌不見了，竟是毗鄰的營帳、穿梭的遊客，機會留給準備周全的山鷹。

後來，我回到城市污濁的空氣裡；活在喧囂的噪音中，季節的容顏只靠體感的溫度去判別，美麗殊異的四季風光就留給遠在天邊的部落。

這兩天，浮生偷閒，我們重回部落～

雲知道～湧聚成喜極而泣的雨，敲打著山鷹亭上的鐵皮屋頂，叮叮咚咚……

不久，太陽也知道，穿雲而出，推移葉上的雨珠、烘烤大地的泥濘，

時雨時晴，道是：有晴（情）還無晴（情）？

而整個璞園就剩我們了，不爲什麼而來，只是給自己留白。

他廊前讀經、我閣裡看書，咖啡杯裡歲月長，靜聽滴答滴答……歲月流過的聲音，

恍然發現日日的快板旋律，在此是極慢板的抒情曲。

風涼如水，弦月如鉤，迎黑夜之美；

曙光初透，鳥囀似樂，讚白晝之美。

我們是否不該在緊湊繁忙的城市裡迷失自己？

這兒，才是安頓心靈的故鄉啊！

#兩天在仁愛鄉清流部落～璞園山莊、山鷹露營區的悠閒度假

重回清流部落

舞動奇蹟，讀出視野

七月十三日（極至體能舞蹈團和七七讀書會的對話）

肢體教你的不只是舞蹈，而是——我有話要說，有理念要傳達。所以尼采說：每一個不曾起舞的日子都是對生命的辜負。閱讀看的是書，讀的卻是成長。所以蘇格拉底說：閱讀滋潤年輕人、裝飾中年人、娛樂老年人。

爲了自我成長，一九九〇年，一群人參加卡內基訓練，爲了繼續成長，卡內基D0428C班上七位同學創立七七讀書會。他們希望從閱讀中，學習好的理念和經驗。這樣一走就是二十九年！

是怎樣的堅持，讓他們在閱讀這條路越走越寬廣，成爲質、量兼顧的優良讀書會，讓我心生佩服。

七月十三日以三餘友會的身分受邀，我坐在芸芸衆賓客間，沉浸在他們二十九週年慶熱鬧、喧騰的氛圍裡。雙主持人活潑、生動的用童話故事「三隻小豬」開場，肢體和語言的幽默很吸睛，去過幾次七七例會，常見他們爲書中情節，先做角色扮演，他們早熟稔這樣的表演方式。看似容易，其實不簡單，如何鋪梗、過渡到要傳達的意念，背後要有不少的腦力激盪。

七七之最大優點可能是：人才濟濟吧！但肯付出，才是關鍵因素。

感謝一路走來二十九個會長的領導，儀式莊嚴，象徵性的電子蛋糕高掛螢幕；生日快樂歌的傳唱，麥克風一棒傳一棒，從第一、二、三、四……到現任二十九屆會長手上～薪不盡、火不滅，這群性靈相近的朋友們組成的讀書會，若沒有一年一任全力付出的會長，如何瓜瓞綿綿、五世其昌？這一幕，又讓我感動不已。

請來「極至體能舞蹈團」藝術總監石吉智先生、也是清華大學助理教授，他的演講，不負名字中有三個口的語言天賦，把個人成長的經驗說得生動有趣。

——從小愛塗鴉畫戰爭圖景、上大學不小心誤入舞蹈社團，在「男生跳舞很容易被看到」的鼓勵下，終成爲走過穿緊身衣跳舞的尷尬期，慢慢接受這樣的表演藝術。經過他逗趣的插科打諢，我們卻也把芭蕾藝術的演進過程牢記心中。

——芭蕾原本只是義大利佛羅倫斯街頭藝人雜耍，等到義大利公主嫁到法國，把芭蕾變成宮中舞蹈，原來男人跳的芭蕾（一八三〇年到一八七〇年浪漫芭蕾時期）演變成爲王公貴族爲欣賞美女芭蕾的選妃活動（這時浪漫芭蕾式微，男人成爲負責「舉人」的舞者……）後來法國芭蕾被崇法的俄羅斯喜愛、發揚光大，因此而有天鵝湖、胡桃鉗……等有名的芭蕾舞劇……後來芭蕾又從俄羅斯傳回歐洲德國各地……

意猶未盡處，石總監閉上他的嘴，讓他的舞團用肢體語言接續～這既古典又現代

舞姿的表演劇，舞者自由揮灑、卻優雅無比的動作，讓我陶醉不已……

最後應七七會友請求，石藝術總監教我們平日如何運動肢體，大家一起來！才發現平日眼睛動得過多的讀書會會友們，大多四體不勤，靈活度不夠，藉著這次舞者與閱書者的對話，我知道：

《所有的巧合都是故意的》不只是書名，而是：人往往具有一種直覺，當你需要什麼時，靈魂會發出訊息，於是那個需要就恰恰好出現在面前，指引你。某一個時刻遇到某一本書絕不是意外，是注定；而某一個時刻遇到某個人、某個演講，也不是偶然的，不是嗎？看來此刻，我需要的是舞動肢體。

沏的是茶，嚐的卻是生活；斟的是酒，品的卻是艱辛；跳的是舞，傳達的是心語；看的是書，讀出的卻是世界！這堂課，我受益良多。

#賀七七讀書會，在Smohouse「思默好時」二十九週年慶，圓滿成功。

緣起緣滅

七月十八日（紀念一個明道同事、氣功朋友的殞落）

說實在，在明道偌大的校園裡，即使偶爾遇到了你，至多只是微笑頷首，既教不同科目、也沒在同一辦公室，二三十年，只比陌生熟稔些……

應該說熟稔是在退休幾年後吧！

去年元月起，和外子開始在附近仁德公園學習李承忠博士生物能十七式氣功，你已是通過考核的教練了，雖然一星期你只帶一天，但你總把每一式氣功的訣竅、示範動作做得那麼精準，場長常對著我說：你們學校的林鋒銳老師好認眞教，動作也特別好……說也奇怪，聽到這樣的讚美，我並不特別意外，因爲在這個社區居民的口中，說到明道中學的老師，他們的眼中總會閃著崇敬之光——彷彿我們的頭上戴著光環，究竟是明道給的榮耀？還是明道要以這些拚命的老師爲榮？

總之，林教練的認眞，是已經內化在血液裡的明道基因吧！我和先生在他的指導下，進步神速，最難的「轉脊」，他耐心的一個個慢動作教我，駑鈍如我，竟也可成爲晨曦裡、大樹下有模有樣的練功人，笑傲江湖時，我默默地感恩你。

若沒在場子中央帶動作時，有時和你比鄰練功，我們會聊天，知道你的林姓和我

的林姓同來自福建漳州平和縣、知道你的小兒子在德國攻讀博士學位……知道你在四年前罹大腸癌，但憑你的勇氣已經克服。氣功朋友都讚你體力好，每星期去溪頭走路爬山，你總是安步當車，慢慢走，但最後你都能攻頂上天文台，是何等強大的力量在對抗你體內惡魔？又是怎樣的高EQ，讓你總維持招牌的笑臉，面對險峻的人生道路給你的考驗？

去年夏秋之交，氣功朋友到「秋山居」聚餐後，順道過璞園來看我，帶你們去剛成立不久的山鷹露營區，你在湖邊沉思的那張相片，是我不小心的傑作，天人合一，那時，大自然的翠綠、湖水的漣漪，是否帶引你到另一個美樂地？

還有我們氣功同學們在「璞園山莊」門前的那張合照，你可掬的笑容，依然燃燒成部落黃昏裡的一道彩霞，你有預感到快天黑了，趕快揮霍笑容成不滅的生命火花？

而我總會在腦際迴繞著你在山鷹露營區唱的那首李宗盛的「凡人歌」——

你我皆凡人／生活在人世間／終日奔波苦／一刻不得閒／你既然不是仙／難免有雜念／道義放兩旁／把利字擺中間／多少男子漢／一怒爲紅顏／多少同林鳥／已成了分飛燕／人生何其短／何必苦苦戀……

人生何其短！

三星期前，大家都關心你癌細胞腫瘤擴散到骨頭到肝臟的事，你應朋友關懷之情，拄著枴杖到公園來看大家，我幾乎掉下淚來，不是我多愁善感，任何一個氣功同學，看到瘦了七、八公斤的你，能不難過嗎？醫生囑咐：該到安寧病房了！我急得趕快奔回家，拿了學生送給我的一盒「白藜蘆醇」（她就是靠這營養食品成功抗癌的……）你吸吮著一包號稱「太空人的果汁」，天真的我，以爲這可能會救了你，其實，你說的沒錯：太慢遇到妳、太慢遇到「白藜蘆醇」……

一切都太慢了，你的頸部有腫瘤、大腿腫得像大象……許多地方慢慢淪陷。

終於在上星期二凌晨睡夢中離開，再沒有什麼痛苦可以打擾你，上天還你一個沉寂的永夜。

昨天，去你的靈牌前祭拜，那張相片，是你當氣功教練時照的，那招牌微笑，我們好熟悉；你的妻兒都在一旁陪你，他們身心也安頓好了，希望你在大樹底下好好安息。（你自己選擇了樹葬……）

此刻，你的好歌喉唱的是不是這首歌？

請不要佇立在我墳前哭泣
我不在那裡／我沒有離開人間
化爲千風／我已化身爲千縷微風
翱翔在無限寬廣的天空裡……

舞蓮花的季節，我們在花蓮

七月十九日到二十二日

前言：〈連雨不知春去，一晴方覺夏深〉～夏至花蓮，花蓮舞蓮花。

早就訂好的普悠瑪車票，就管不了去之前，氣象報告說什麼了！好像有颱風、好像會下雨……一旦遇到「福婆」「遊神」之類的我們，風雨止步，天藍雲白。

#七月十九日奔向海邊

七星潭

卸下行李的午後，借了表弟的七人座福斯汽車，直往七星潭海邊奔去。

夏日風情畫——是一棵棵直立的椰子樹、是橫亙幾里的海堤線、是馳騁腳踏車呼嘯而過的年輕人、是遠空上追逐的雲朵……一起畫出來的。

流連在亭子四周地上的星座圖，乍然發現自己星座的興奮；

坐在鵝卵石上，享受接地氣的踏實；

看點點黑影在更遠岸堤邊移動的圖案；

指著天邊讓背影留下，彷彿也留下幾米畫中的浪漫，——樂此不疲，是因爲我們曾在台東海岸邊，留下這樣美麗的相片，不妨再複製一次吧。

原野牧場

牧場的羊奶咖啡，可以續杯；向晚的海浪來了又去，遠山慢慢暗沉，爲了今夜修復旅途疲憊，在這樣詩意的黃昏，我只喝去了咖啡的羊奶，香醇溫熱的感覺，溫暖異鄉旅者。

＃七月二十日我們的行程滿滿，彷彿一天之內要看盡花蓮的美！與在花蓮慈濟當執行長的表外甥運敬及太太Amy，在可愛餐廳Cheese Bon餐敘，店內樣樣小藝品的擺飾，都很吸睛；飯後赴CABRA Coffee店，年輕老闆剛自義大利學成歸國，這家創意十足的咖啡店，有很大的冷凍庫保留原豆的新鮮、有大型的烘焙機、有各種名莊園原豆、還有已重、中、輕烘焙的褐色熟豆……「與君一席話，勝讀十年書」，喝了咖啡，長了知識，不虛此行！

「接天蓮葉無窮碧，映日荷花別樣紅……」「浮香繞曲岸，圓影覆華池……」

來到吉安蓮花池，突然有關蓮花的詩詞都冒出，蓮花除了美，身上蓮葉、蓮藕、蓮子……都可食用，甚至枯了的殘荷（蓮花卽荷花）也可留著聽雨聲……

此刻，滿池子是紫色蓮花一朵朵，我們在蓮池邊喝曬乾的蓮花泡的茶，微甘帶點苦，眞清涼解渴。然後就著奇萊山流下的一彎清水，赤足浸泡，頗有濯纓濯足之樂。

秧月千禧度假酒店的尹總監是秀蕙朋友的大哥，很客氣的請我們吃自助式晚餐，整個酒店的周景，沐浴在金黃色夕陽下，眞夢幻，留下不少我們的足印，其茗月軒的

書香味讓我不忍離去。

正逢暑假，鯉魚潭這晚演出的「魔法花園紅頭鴨fun假」被我們碰上了。類似具體而微的大陸水上劇，原住民舞蹈盡心盡力、水柱曼波舞五彩繽紛……

此夜我的夢境該當彩色。

#七月二十一日新舊建築的不同印象

新城的天主教堂

天主堂，原是日據時代的舊神社，所以此地呈現的景致竟有一種矛盾、協和之美感，有聖母瑪利亞塑像、有十字架、有石獅子、石燈籠……

一間日本神社與西式天主教堂並存的特色建築，日式神社遺跡鳥居、石燈籠和宛如諾亞方舟獨特船形教堂，教堂外觀布滿了藤蔓植物充滿綠意，有人稱它作綠色的諾亞方舟～若所有宗教也能如此和諧共存，該是大同世界之始。

新天堂樂園

應是新的購物中心，特殊在有亞洲唯一貨櫃星巴克——日本弱建築大師隈研吾，在台灣花蓮首開先例，以貨櫃作爲建築素材；透過大樹開枝散葉的設計意象，懸挑29個航遍全球各大港口的貨櫃，賦予循環重生。

我們在黃昏雲層漸暗、微光仍反照之際，欣賞這樣的大貨櫃，彷彿看到星巴克霸氣地挺立在夕陽下，仍閃著它睥睨所有咖啡館的自信之光。

#七月二十二日上午完全屬於「時光1939」

旅行是閱讀的延長；旅行其實是另一種的閱讀。

在閱讀花蓮時，我因爲幾年前忘不了的印象，無論如何要帶學生們再重訪，好書不厭百回讀，不是嗎？

在這裡，我遇到許多耐人尋味的二手書；遇到不能趕時間、店家現做的營養蔬食早餐；遇見優雅漫步在院子裡、蹲踞在客人餐桌上、睡在古老家具櫥櫃裡的貓，牠們的跫音不響，歲月悠悠，彷彿時鐘的指針就靜定在1939的時光，

如果我是花蓮居民，我會在這裡看書、寫作……直到地老天荒。

終章

想著想著……我已回到西部的家，可是四天花蓮的回憶，竟漫長到無法寫進此文，表姊一定又怪我沒寫到她。

其實非常感謝她每晚泡茶、陪我們唱卡拉ok到深夜的深情厚意，

表姊，下次再寫妳囉（妳的故事太長，適合用小說呈現），謝謝招待。

當幸運來敲門：青鳥殷勤來探看

八月六日

八月甫臨，不可思議的好運氣突然降臨，於是相信：運氣來時，擋也擋不住！

向來就是一個運氣不錯的人，正面思維，吸引力原則，讓我摒除一切的憂傷、煩惱，但神奇的是：發生在這幾天的事，眞不可思議……

#八月六日在平時很少會搭的33號公車上碰到秋菊

話說七月三十一日，麻吉會友明蘭因我要出國三個月，特地相約吃頓午餐，然後陪我去購衣。在采邑，我買了兩件搭配花色長裙的白上衣；接著去桃莉，莉莉店長早識我，熱情招呼我倆喝下午茶，在場的客人還有何小姐、秋菊（正是鍾老師教唱的學員之一，明蘭認識），三個女人一個市場，吱吱喳喳，討論衣服、話說運動……才發現秋菊住我們家附近不遠處，便邀她第二天一早，參加我們生物能十七式氣功團體，她長得超逆齡，比實際年紀看起來年輕十歲，一定是平日愛運動者，加上她一口答應，我便帶著期盼，希望在八月一日晨曦初透的運動公園裡碰到她……

豈知，第二天（八月一日）早晨她缺席了……沒留下她手機號碼的我，無法聯絡到她，正想向明蘭或服裝店莉莉問她的聯絡方式。

做完氣功，十點左右，和先生搭公車去台中辦事，平日我們都選擇班次頻繁的82、101……但這天早晨，33號好像在呼喚我似的，好吧！就繞點路去車站吧！上去後，哈！那人自投羅網走過來，不是秋菊嗎？「踏破鐵鞋無覓處，得來全不費工夫」「老師，昨天在服裝店莉莉那裡喝太多咖啡了，今早起不來，所以沒去仁德公園做氣功……」她忙著解釋，我卻很高興地記下她的手機號碼，我開玩笑地說：「人不可食言喔，馬上被我碰上……」神也太眷顧我了，讓我心想事成。

現在秋菊已成爲我們氣功朋友，接著愛開車的她，說會帶我們到處遊山玩水，喝咖啡聊是非，YA！老友又多了一個。

#也是八月一日，無意中邂逅的人——老黑。

早上遇到想找的初識朋友秋菊；沒想到下午在長榮桂冠酒店聽理財講座，邂逅了《懶人大旅行》一書的作者——田臨斌先生（人稱老黑）

這是二〇一九年八月的第一天，外面燃燒著近攝氏三十七度的高溫。

但在台中長榮桂冠冷氣很強的演講廳裡，遇見了他。

老黑，就從書裡走出來，帶著我們搭遊輪環遊世界一圈，一百零五天，一小時走完，眞是納須彌於芥子，心想：世界有時很大，此刻卻很小。

隨著他搭的公主號遊輪前進，海風送來的清涼，消去了所有的溽暑！

也讓我又回想起自己唯一一次（二〇一七年）千禧輪十五天的海上之旅。

我上前去和老黑聊一聊：「我是明道林淑如老師，三餘讀書會的執行長。今年十二月讀書會選了你的旅遊書《懶人大旅行》，我正好有幸擔任此書導讀。」「感謝你給我一個隨遊輪出航的愜意午後。」「我認爲讀者雖是作者心靈的知音，但體會定然無法達百分百，爲使三餘讀書會會友也能親炙你精彩的旅遊經驗，希望他們也能像我一樣，在聆聽之後，換來快樂的微笑，你會給我們這樣的機會嗎？」

他說：「我的演講不便宜，但我知道學校團體經費不多……」很欣慰得到他給我的回覆是：「如果時間許可，我很樂意十二月和明道的朋友一起聊天，不要擔心費用，我們等時間近些再聯繫……」

其實，跟先生每次去聽理財講座，我都不清楚主辦單位請了哪位理財專家主講，或附加什麼健康、旅遊的講座。沒想到會遇到我想遇到的郵輪旅行達人兼作家——老黑。之前，他被訪問的電視影片、他的這本書《懶人大旅行》我都看過了，如今又邀約了他，和他留下合照相片，天啊！我也太幸運了吧。

#八月三日頭獎落我家——三十萬元的鑲鑽勞力士

其實，我是因爲第一屆移民泰國的學生信慧，才知道婕斯的。

婕斯是什麼？我完全不懂！只知三年前，信慧第三期的卵巢癌開刀過後（肚子的東西：卵巢、子宮、輸卵管、腸子某段……全清空）然後臥床十天，全靠這號稱「太空人果汁」——白藜蘆醇存活下來的。這種修護細胞的太空人果汁，當初是研發給太空人上太空喝的補給品，信慧每天喝五到七包，沒做化療，卻走出陰霾，目前六個月複檢一次，已無癌細胞了。

當年，她需要量大，我義助她，加入會員，讓她用我的商務帳號購買。到了二〇一九年四月，她說她現在一天喝個兩包即可，便鼓勵我接受這保養食品（非藥物），本來以爲是我不太懂、也不太能接受的傳銷事業，其實心裡還有某種程度的抗拒。未料信慧和她在泰國認識的台灣朋友Seven在五月，替我報名上婕斯藍寶學院八堂課，每三天一堂，不外是認識婕斯——婕斯有什麼產品？如何新人過三關？如何克服坊間對婕斯的不正確觀念、或以爲婕斯是X銷、如何操作後台？如何勇敢推薦……等等，除了線上聽課，還要繳隨堂筆記、並錄製個人視頻（不得超過三分鐘）上傳學務處，由班主任、幾個老師做評點給分數。八堂課上完，五月二十九日還有個期終考試，也是線上視訊，由全體學員當場抽題（就八堂課內容）每人發表三分鐘（超過扣分），仍是一些藍寶學院主任、老師打分數。

天啊！參加的三十多學員有加拿大、美國、日本、台灣、中國……各地的婕斯會員，他們都是懷有鳶飛戾天、志在創業的年輕、青壯級人物，只有我，年過七十，打破藍寶學院年齡紀錄的台灣老太太……

在忙於母親節、生日應酬很多的五月，康乃馨芬芳的五月……我卻忙於做藍寶學

院的每三日一主題的功課，還好「機會是留給準備好的人！」我因讀書會訓練有術的PPT製作、和上台導讀的無數次經驗積累，看倌，你知道嗎？

猜猜我得了第幾名？——第一名！真的相信「活到老，學到老！」（主任給了我美金一百五十元鼓勵，邀我去總務處教PPT製作……這是題外話）

說到八月五日又是個高潮，婕斯台灣年會，這次主題是慈善公益演唱會。

那天，在林口體育館擠滿婕斯會員一萬兩千人，節目如期進行，我和信慧等六人參與（先生本不想去，但有六張票，我希望他也去瞧瞧……何況有彭佳慧、趙傳、A-LIN等歌星演唱）

最後高潮是抽獎，歡樂獎，人人有分；進入前十獎，越來獎品越名貴，有名牌鋼筆、手機、名牌包、按摩椅……來到「頭獎」——電腦螢幕跑著跑著……

橙區4B9排15號

不偏不倚，就是我隔壁，我先生的幸運號碼。

頒獎前還要審查資格，查到的經銷商會員是我~

而夫妻可用同一帳號，所以由我上台領獎了！

這就是我家多了一支三十萬勞力士鑽錶的始末，不可思議吧！

今年八月伊始，青鳥便常來探看……感恩啊。

微笑是世界共通的語言

八月七日

從台灣啟程是八月七日下午三點五十五分，來到溫哥華機場應該還是八月七日的近午時分，顯然溫度適中，感覺舒服，而自己似乎也爲賺了不少時間喜悅。

有搭輪船的經驗：

從東往西是一天賺一小時，慢慢賺，過國際換日線便多了一天；等回程，一天減一小時，過國際換日線，一下子，賺的時數都還回去，有時這麼一天就消失了……

而搭機，是以快速的方式賺，所以調時差較困難。

究竟時間是什麼？時間與空間是兩個既抽象又具象的異質性的概念，而且在交互作用下，便能產生出「移動」與「靜止」的現象。詩人鄭愁予說：「不再流浪了，我不願做空間的歌者／寧願是時間的石人。」流浪的空間很大，是移動的；若在時間的長河上留一個定格、靜止多好，卽使不歌，只當沉默的石人，但那也僅是一種期盼而已！

我的移動可快，台灣和溫哥華，在同樣的一個日子裡。

單獨的旅人——我，和她邂逅在轉機的溫哥華國際機場。她是斐濟四十四歲漂亮

女子，到溫哥華探友人，正要返回舊金山的家；我是台灣阿嬤，要在溫哥華轉機去丹佛探孫子一家，微笑是我們的共通語言；找人照相可是我們共同願望……我們都希望把出門旅遊的相片，以最迅速的網路，傳給親友，瞧瞧，南太平洋島嶼國斐濟、東太平洋島嶼國的台灣一下子握手了！

只要微笑，世界就是你的，相信嗎？

行囊太重，裝得滿滿的是愛

八月八日

臨行前，已在林口和先生、兒子一家慶祝過父親節了，現在應是台灣深夜，美國進入八月八日，但美國人父親節並不是這天，而是六月第三個星期日。

在此，仍對家族裡的老、中、青三代父親致敬：父親節快樂！

臨行前，我替女兒、女婿、Howard準備的禮物已就緒，而親家母、我的媳婦，甚至愛屋及烏的學生、朋友們也在我的行囊中放上一份愛的禮物，讓滿公斤數的兩大箱＋一個登機箱和背包，滯重的行李亦如我滯重的步履，突然體會孔子「去父母之國、遲遲吾行也～」的心情！

而收到禮物這端的人，面露笑容，心在飛揚～

Howard馬上穿起蜘蛛人圖騰的衣帽，當場表演特技；把舅媽、表弟送的樂高汽車，擺在喜歡的角落……

女兒愛喝的烏龍茶、女婿的彈性運動襪～有婆婆的關愛、有我學生們的心意……

還有廣先生親自烘焙的兩包貴重的牙買加藍山咖啡豆，要讓我在遙遠的異鄉仍能日日品嚐熟悉的咖啡滋味，這份濃情當在氤氳熱氣的每一杯咖啡裡，被我記省。

只因女婿喜歡我前年帶來的「蒂巴蕾」公司生產的運動彈性襪，我那「蒂巴蕾襪子公司」董事長～早年的學生曾澤民便以宅急便送來一箱，囑咐：師丈、老師也要留一些自己穿！這樣的濃情，讓我們在每一步輕盈的舉足間，盡是舒適。

學生賢君曾打電話來說要送Howard有趣的數學書，但因我不了解這個屢獲奧林匹克數學獎的他是否適用，只有婉謝了，仍然銘感於心……

常覺「得之於人者太多」～但所有的盛情美意都隨著我的行囊一起來到科州，也將送給我加州和溫哥華的朋友們，也許只是千里鵝毛，但在我打包行李的當下就把你給深深地想起。

堅持到底的運動精神

八月九日

不管勝敗，人生需要的是一種堅持到底的運動精神。

美國人重視運動，所以外孫從小（三歲半起～現在十歲八個月）學過武術、游泳、網球、足球、體操、壁球、街舞……幾乎每種參與的運動比賽，他都全力以赴，攻無不克，我認爲那是一種他天生具來的認眞與不服輸精神。

前年（二〇一七）先生來時的暑假，他剛開始學網球。比賽時，偶爾的失利，便一臉沮喪，先生說：人生哪有不輸的時候？這個孩子需要的是失敗的磨鍊！

說也奇怪，體操高難度的吊環、雙槓……他都會，比賽現場，我們看得驚心動魄；他卻一付安然自在，心想：他果眞有運動細胞。惟獨那時，他怕騎腳踏車，很多四、五歲孩子就會騎的二輪車，他敬而遠之，外公鼓勵他試試，也沒用，這可能是他的罩門。

前兩天到丹佛時，還不知道他已克服恐懼，學會了腳踏車。

二〇一九年八月九日的今天，一大早七點，科州陽光亮麗下的綠茵，閃著盛夏的活力；天邊白雲彩繪了藍空，多美！美國就是地廣人稀，每個孩子都可馳騁在遼闊的

草場上，飛奔逐夢……向不可能挑戰，我的外孫Howard此刻牽著一輛嶄新的、有點大的腳踏車去比賽會場報到，他們共有不同年齡組（8－9，10－12，13－14）的孩子參加，先游泳再騎腳踏車然後跑步回終點。每組要求不同，Howard十歲八個月參加的是第二組，游泳來回（二十五公尺泳道）要六趟、騎一千公尺跑道要三圈，然後跑步回終站……

當然，游泳難不倒他，很快地以自由式轉蛙式完成六趟比賽，出泳館，赤足踏過草地回到擺放腳踏車的地方，換上黃T恤、戴上安全帽（有點緊張扣不上，終於完成）立馬上路，一圈、二圈，都緊跟著一個奔馳的小胖子身後，本以爲第二名有望……

第三圈轉彎處沒看到他的身影出現，女兒、女婿緊張的繞過去看，才發現他牽車慢走，一臉頹喪，眞是行百里者半九十，功虧一簣……教練也過來了：Are you ok? Howard! 只見他一語不發、臉色蒼白，原來是被小石絆倒了！等到把扭歪龍頭的腳踏車放好，評判教練說：你還是要跑完全程，加油！卽使我看到女兒有不捨之神情……跑吧！跌倒了，還是要站起來，或許這是他剛學會腳踏車就參加的第一次比賽，不太會控制好這龐大的二輪車，但全完的比賽，沒有放棄，雖敗猶榮。

拿到三鐵（他們這樣定義這比賽的名稱）證書，對Howard來說是運動精神的肯定，也是另一種人生態度的學習吧！

Winter Park（冬季公園）的夏日歡樂

八月十六日

這裡冬天白雪皚皚、人聲鼎沸，美國各地喜歡滑雪的健兒都會蜂擁而至；至於夏天，是它的淡季，園區內，多家餐廳甚至暫停營業，但不同冬天的經營型態，卻讓它在夏天也能發光，充滿了歡樂的能量。

心想：發展觀光要有眼光；吸引觀光客必須多元。

看準暑假商機，白色大地覆上蓬勃綠草之後～

大人小孩可以從事的活動可多了：滑草、攀岩、吊索、騎腳踏車、打高爾夫球、坐攬車觀景……應有盡有。

外孫Howard四歲左右時，我們來過，記憶猶深，我是環抱著他共乘一輛長船型的滑板車，飆滑板車以「千里江陵一日還」的速度，在不斷綿延的S型滑草道上前進，兩岸不是猿聲而是來不及看的風景和呼嘯而過的風速，刺激極了，卻也餘悸猶存；今天再臨現場，Howard已快十一歲，當然獨當一面，自己駕車，還照顧我、交待我如何加減速、從山頂往下衝到平地，不消二、三分鐘，卻讓流水年華瞬間消逝七年，樹苗長大囉！

這次遠從佛州來的二小姑Cindy和姑丈Craig雖已退休，並以佛羅里達迪士尼為退休後的樂園，一個月至少去一次，住上幾天；而這次遠到科州的冬季公園，他們仍玩心不減，吊索、攀岩……用盡吃奶之力，留下困獸猶鬥的好玩相片，倒是快接近七十的小姑，寶刀未老，能攀至岩頂；我除了搭滑板車，一切敬謝不敏；最猛的當是會武功的小猴崽外孫了！用不完的體力，來回玩數遍，值回票價。

我們坐在白雲為頂、青山繚繞的草地上，看著孩子打高爾夫球、青年人騎腳踏車、還有遛狗的妙齡女子、吃熱狗的少年，夏天的活力在此奔放……

歡樂的一天，為我們這次的旅行畫下美麗的句點！

山居週記：行到水窮處，坐看雲起時

八月十日到十七日

說起美國科州，記錄在腦海裡的總是一望無際的藍天白雲、通透明亮的陽光、還有氣勢雄偉的高山巨岩、陽光下波光粼粼的大湖……在這裡，我看到的一切，卽使向日葵、玫瑰、大理花……都大到像假的，想必朗朗光線的映照下，一切都顯得特別鮮豔亮麗！

而旅人的心也跟著歡笑起來，那不是紋紋的笑，而是：古今付一笑，大肚容天地的彌樂佛之笑。

常覺出外旅遊，可以擴展視野、開闊心胸。

太史公遊歷各地，印證所學，方有史記之作；博學像蘇東坡，必月夜泛舟，始解石鐘之旨；雄武如趙王，必微服入秦，才知鄰國之情……因爲世間事物，求諸文字，恆不如實見之眞切；未有憑虛擬便能得其眞相的。何況現在是學術日進、世變日繁的時代？

學問必得遊歷以相資，二者不可偏廢。

或以爲電子影片或書中描述便可神遊其中，等到親臨其境，才解目視體感下的震

撼是不同。

※來到科州後，這一周在山中的旅行，我們租下位在Wintow Park鎮的渡假屋。應該說：Winter Park（冬季公園）、Rocky Mountains National Park（洛磯山脈國家公園）、Vail德國小鎮、Grand Lake（巨湖）或Stanley Hotel（史坦利旅館）、George Town（喬治古鎮）都在我們車程二、三小時內可到的景點，所以我們彷彿每天都可將滿身異地的塵土抖落在我們的家門口，而小屋以溫柔的胸懷，擁抱我們的疲憊～

八月十日——在超市採購。來自佛州、丹佛、台灣三地的親人另類相聚在渡假屋（渡假屋是小姑Cindy在去年五月就訂下的，因爲是冬季滑雪勝地，一屋難求）連盛夏也得捷足先登。

八月十一日——洛磯山脈雨中行

天空陰霾，微雨冷瑟，氣溫只有攝氏十三度，車子在濕潤的山道上迤邐前進，因是假日，往一萬兩千呎高的洛磯山頂前進的車子如長龍，能攻頂賞景的人卻不多，也許上山的人都低估了盛夏也會降溫至此，於是穿夏衫、短褲的遊客們只好擠入遊客中心。我也藉著一杯熱可可溫暖風雨過後的身體。

從雨濛濛的洛磯山脈回到渡假屋，熱騰騰一鍋洋蔥豬肉壽喜燒，再度讓旅人溫暖。然而當晚，我卻因白天極冷驟降的溫度而有些微的不適，分不清是高山症，還是感冒……以往，我很少在旅遊中被外在氣候打倒的，吃了藥、睡過一覺，相信又是一條好漢！

八月十二日——

George Town / Grand lake / Breckenridge / Vail

這天又回復到攝氏二十一到二十三度，我最喜歡的溫度。

雖然所有的景點都去過，但在不同季節與不同的人去，感覺不一樣。

Vail德國小鎮去了好幾次，住在科泉市的高中好友曾在二〇一二年租下渡假小屋，五天四夜，留予今朝說夢痕，景物依舊在，老友散四方，不勝唏噓！

八月十三日——Grand Lake划船

老人、小孩混搭的團員，究竟要如何取樂大家？

Cindy小姑和先生Craig自願繞湖漫步，我和女兒應Howard要求，租了一條踏板船盪漾在波光瀲灩的大湖中，只見遨遊在湖面的有汽艇、水上摩托車、撐篙的……熱鬧極了，遠山蒼蒼、白雲悠悠，磚紅色的小屋點綴湖畔，帶來靠岸的幸福感。

黃昏的天色裡，我們回到有女婿掌廚的一餐，他今天在家休息準備明天開更遠的旅程。

八月十四日——洛磯山脈／熊湖／史坦利旅館

依然是不冷不熱的舒適，攝氏二十度上下，我們重上洛磯山脈。

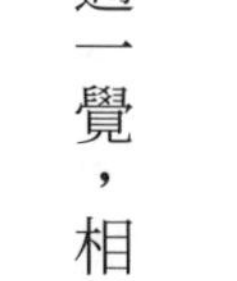

晴喜雨悲，大自然左右人的情緒。

這天，一路上起伏山線、變幻的白雲、各種高度不同地貌、植栽……清清楚楚映入眼簾、鐫刻腦際，我按著快門，一張張記錄著時移光變的山景，誰能抓住逝水年華？誰能讓此刻永留心間，我未免也太容易爲大自然痴狂了！

湖是大山裡澄澈的眼睛，看盡無數遊客的驚鴻一瞥、看盡世上總是成空的虛華，所以它旁觀的眼眸特別明亮、心境是永不被擾亂的平靜……

美國沒有鬼月，沒有中元普渡，巧的是這個節日，我們在美國鬧過鬼、拍過鬼電影的現場——史坦利旅館流連不去，白色宮殿氛圍的史坦利，沒一點陰森感，若此時，能碰上長髮披肩、美目盼兮、巧笑倩兮的聊齋美女，應也不會害怕吧！

青山依舊在、幾度夕陽紅？

夜黑之前，我們離開這間既美麗又鬼影幢幢、美輪美奐的鬼旅館～

度假屋點燃的燈光帶給我「家」一般的安全感。

八月十五日——在度假屋裡的休閒活動

旅行是在異鄉的土地上過他們的生活。

他們西式的超市、餐廳我們都適應了，但臺灣人的胃口，讓我們在渡假屋自己烹調的晚餐中得到無比的滿足！

還有唱卡拉OK（自帶的）、泡溫泉、游泳、看書、玩手機……

享受平常日子裡的幸福，讓旅行也是生活～

八月十六日——Winter Park從事戶外活動

在「冬季公園」的戶外活動～滑草、攀岩…都是年輕人的最愛。

幾年前我也去滑過草，頂刺激的，

想必Howard、Cindy小姑夫婦應該會喜歡…

八月十七日——賦歸回丹佛～結束大旅行中的小旅行

旅行在外，固然有許多的樂趣，但在情感的層面，卻有牽扯間的矛盾：「踏出國界一步，便是鄉愁」～誰說過的？

因而我在山居悠遊自在的日子裡，常會思念起那燃燒著高溫、或被雨水浸潤的小小的島嶼，你們都好嗎？

#寫於二〇一九年八月十五日的Winter Park Silverado II Resort

夢裡不知身是客……好景總在彼處等著我

八月十七日在Boulder

前年和先生來Boulder，盛夏繁花盛開；五、六年前和朋友亭妍來Boulder，大約是冬季，街頭沒往常熙攘的盛況，但Boulder，人多也罷，人少也罷，恆以它優雅的姿態，等待每個有緣人的青睞。

才十歲出頭的外孫Howard，他誇張地說：我已經來二十一次，加今天就二十二次了！一手冰淇淋一邊看街頭藝人的秀，是他的最美印象。

而他（女婿）是因附近一家「台灣人小吃店」可吃到家鄉的味道——滷肉飯、蚵仔煎、肉圓……願意每年多次自丹佛開半小時車到此，Boulder是療癒鄉愁的大學城。

我喜歡它名如其名的珍珠街：各地觀光客色彩繽紛的服裝穿梭其間；姹紫嫣紅的繁花不甘示弱、探頭伸頸活出它的自信；藝人是喚醒街頭的靈魂，能叫出人人心底的童心。在這裡，無所求，就漫步吧！就張眼看吧！就用耳聽吧！（我起碼來過十次）世界把一切美麗甘露灑在乾涸心田，會撥開你的翳影，在你想起來的每一當下。

Boulder，在科州排名第十一的城市，卻是我心裡烙印不去的快樂城。

在國外學中文

八月十九日

記得教學時，教過《孟子》裡的「一曝十寒」「一傳衆咻」。當時，體會的只是知識的層面，昨天送Howard到科州中文學校後，深深有感的是實踐上的體悟。

一個生長在國外的孩子，不管父母是否以中文爲母語；或其一是說中文，只要進入以英語爲主的小學之後，孩子的中文程度是每下愈況～原因在：

——「雖有天下易生之物也，一日暴之，十日寒之，未有能生者也。」

——「有楚大夫於此，欲其子之齊語也，則使齊人傅諸？使楚人傅諸？」

曰：「使齊人傅之。」

曰：「一齊人傅之，衆楚人咻之，雖日撻而求其齊也，不可得矣。」

「引而置之莊、嶽之間數年，雖日撻而求其楚，亦不可得矣。」

試用白話來說：「有一個楚大夫想讓自己的兒子學齊國話，就找一個齊國人來教他，但有許多楚國人譏笑他，那樣他怎麼也學不成，即使天天打他，逼他學習，也不能成功。反之，讓他住在齊國，天天聽、說齊語，即使天天打他，逼他說楚語，也不

可能成功。」

　爲了維持在國外的孩子能一直不忘中文，首選是送中文學校（不管是慈濟體系、孔子學院、私人設立）應該是明智的，（至少一步一腳印……慢慢行）所謂「易子而教」「斧頭再快也削不了自己的柄」——卽使父母自認中文本領再高，也教不了整個美語環境下的孩子。而中文學校的教學一星期一天，只有兩小時，難爲了中文教師，好像撐篙逆流而上，費力卻難有效力，努力兩小時，給一個中文聽說認字環境，等到出了教室，孩子又回到他熟悉的英語世界，畢竟耳聽口說都是英語，能插幾句中文已算上上之選了！

　回家，做作業，也算費盡心思，還好他會查平板電腦「造詞」～

　考——考生、考古、考區、考卜（？）選字畫少的寫

　因——因母（？）因間（？）因而、因子

　連我都不知什麼是「因母」「因間」

　查一下方知：「因母」卽「親母」語出《儀禮》；

　「因間」指「利用敵方人員作間諜」語出《孫子》

　中文，對一個十歲多的孩子，眞的不容易！

　還好父母堅持：會認字、寫字，才算眞正進入中文世界，

　而他，左撇子，寫字幾乎是畫字，一筆一畫慢慢畫形，只要形似便可，也算乖

巧；要再要求筆順，那就是酷吏囉！

中文老師，加油！

Howard，加油！

衆神的花園（Garden of the Gods）

八月二十日

從丹佛往南開車，大約一個半小時到達科泉市（Colorado Spring），也有音譯爲「斯普林斯」的。

科泉市是科州第二大城市，曾多次被優良雜誌評爲「全美最適合居住的城市」。這裡有許多景點：美國空軍官校、派克山峰、北美洲最高吊橋——皇家峽谷大橋及我們今天來到的「衆神的花園」。

第一次是在十多年前，女兒在丹佛大學唸碩士時來的，所謂「第一次眞好」沒錯，當時被直入天際的紅砂岩峭壁震懾住，一座座不同形狀的石頭～最有名的是像兩隻親吻的駱駝石，簡直是上帝的傑作；還有小石撐住巨石被稱爲「平衡石」的，更有蘑菇形岩石，還有像東方海上神仙群聚形態的大小石柱……到此，只要你發揮想像力，所有的紅砂岩都幻化爲各種動物、塑像，與你對話。

看了資料，方知這座公園占地 1,300 英畝（553公頃），公園裡有大量由含鐵熔岩形成的紅砂石，歷經幾次重大的地殼運動，和幾百萬年的地殼擠壓、曲折、腐蝕、風化，最終成了今天散落在荒野中形狀各異、高聳挺拔如雕塑般的岩石群。

一八七九年，富商Charles Perkins在他的朋友——Colorado Springs的建立者William Palmer的建議下，以二十二美元一英畝的價格買下了公園裡的一部分土地，本來想打造成一個給有錢人去的度假村，但一直沒有動工。後來Palmer有意將此作爲一個公園，免費開放，但尚未辦完手續就去世了。在他去世之後，他的子孫按照他的遺願把這塊土地捐給了Colorado Springs市政府，條件是：這塊土地將永遠作爲一個免費開放的公園。讓所有來此的民眾欣賞大自然鬼斧神工的藝術品。

什麼是美？康德對美感的看法其一是超脫，即美感不計較利害關係；二是普遍，即美感爲人所共有，而非爲少數人所擁有……所以大家能一起欣賞的公共藝術、享用的公園……才是大美。

進入眾神的公園，完全不必購買門票，感謝捐出此地的Palmer和他的後人。

半天時間，我們遠離塵囂，享受諸神居住和遊玩的地方……

科州不厭百回讀

八月二十二日

姪女Cindy Lin曾經連著幾年的假期，帶著她來自台灣的父母（我的三哥三嫂）到科羅拉多州度假，大凡科州的大山大水、古印地安人山洞民居、國家公園……都走過，引來三嫂的質疑：難道美國只有科羅拉多州嗎？而姪女他們其實是住在東岸的紐澤西州，不怕路遙來到西部的科州，想必科州有許多吸引她前往的觀光資源……

而我這位快把他鄉住成故鄉的人，十多次的親踏科州土地，寫了不少旅遊文章，恐怕科州政府都要頒給我「宣傳大使」「親善大使」的獎牌了！

從台灣往東飛行，經過日本，橫跨廣大的北太平洋，飛越一萬一千四百三十四公里，便達美國西部的科羅拉多州（通常要轉機，目前仍無法直飛）。科羅拉多州位於洛磯山脈東側。整州的東部是高原地形，西部則陡然升高爲崇山峻嶺、高山地形占了一半的面積，地理景觀十分壯麗，首府丹佛。根據資料顯示：丹佛的別名爲「里高城」（The Mile-High City），因爲在州議會大樓西側第13階階梯測量的高度爲離海平面1哩（五千二百八十呎，或一千六百零九公尺）——我們有坐在十三階標高記號的照片爲証。

因女兒家在丹佛市近郊，所以我住的地方位在一千六百零九公尺左右的高原上，陽光好近、藍天白雲好近，而遙遠的西方有起伏山峰，峰峰相連到天邊，即使夏天，高山最頂上的白色積雪仍有不化的痕跡……也因科州有這麼豐富的大自然景觀，所以他們的州旗是由四個顏色構成——標誌著當地美麗自然與人文景觀。藍色是天空、白色是雪、黃色是太陽、紅色則是人民熱情的心。

有關州政府，前年FB寫過。這次陪二小姑他們再參觀，也沒白走，學無止境。這次導覽的是去過台灣一次的女士，一直誇臺灣的美麗，原來她是去泰國、過境台灣時驚鴻一瞥，她期待下次專程拜訪。在眾多不同地方遊客前的讚美，讓我深感驕傲！

其實，旅行踏出國界的第一天，就開始想念台灣的種種；但每天用力地在異國探索陌生，這兩件事毫不衝突，我們踏出舒適圈不代表切斷過去，相反地開了眼界，再回眸，更愛我們的土地。

女士導覽特別不同，在一張介紹「對科州有貢獻的女人們」的圖畫前停留甚久，肯定女人在科州的發展史上與男人一樣盡過力；另一高掛牆面上EMILY CRIFFICH女士，是個創辦成人教育學校的老師——也是鐵達號沉船事件的倖存者，這都吸引我的注意，並與之合照，有時，這樣的故事反而提供參觀者的興趣。

至於以前介紹過的州政府內的參議院、眾議院、法院、宏偉建築、美麗大理

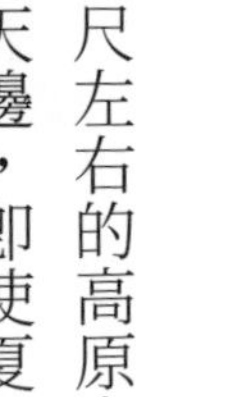

石……，就留給我的相片來說故事了！

而科州我們同遊過的大自然景觀，應該已鐫刻在正啟程回佛州的二小姑夫婦腦海中，容我有空，再以回憶之筆紀錄。

#八月二十日景點：眾神花園、印地安人古居博物館

#八月二十一日：參觀科州州政府

他山之石可以攻錯：推行閱讀從幼兒園開始

八月二十八日

若你聽過北宋黃庭堅有關於他輪迴的故事，就知道「書到今生讀已遲」！再看看對岸多少三、五歲天才孩童驚人的記憶——唐詩、宋詞四百多首倒背如流、論孟學庸穿梭自如、甚至詩經、易經還能用之於生活情境中、貼切自然。於是，擲筆而嘆：吾不如小兒遠矣！驚魂未定，繼而阿Q式地安慰自己：「此輩天才，肯定投胎前沒喝孟婆湯，還留著前世記憶吧！」……

題外話少說，既已不如人家，還不趕快急起直追！取經去。

許多國家一致認爲：閱讀是教育的靈魂。並且，不約而同在大力推廣閱讀運動，尤其是兒童閱讀，甚至把閱（聽）讀的年齡，降至新生兒，希望及早著力，藉由閱讀習慣的養成，培養未來公民主動學習、終身學習的能力，爲日後在知識經濟的競賽中打樁立基。所以，要提升語文能力，提高國民競爭力，這一條長遠的道路，就從養成良好且持續的閱讀習慣開始。

在閱讀評比上，芬蘭是最大的贏家，但同時，它的數理、科學的成績也都名列前茅，可見閱讀能力好，也提升了數理、科學能力，這三者不相悖，反相輔相成。

而閱讀能力與國家競爭力顯然也呈現正比關係，評比皆為高分組的國家有澳大利亞、加拿大、芬蘭、愛爾蘭、瑞典……（大約從二〇〇一－二〇一二）美國雖是競爭力強的國家，但在閱讀能力上並未獨占鰲頭。

這個月來，在美國，隨著小五外孫Howard生活了一段日子，看到他的閱讀習慣；也和女兒談了一些有關閱讀這方面的主題，心有所感，願就所知，分享大家。

從去年十月到今年六月，整個學年下來，那時四年級的Howard班上二十五人左右（他唸的是資優小學裡的數學資優班、另有自然、社會資優和語文資優三個班共八十人），閱讀超過一百萬字的有十多人（每個上課天都要閱讀一小時），至於可達到這個閱讀量，是怎麼評估的？「眞的看過這本書嗎？」既不要求你寫讀後感，增加老師工作量——其實寫心得，有時自欺欺人，上網動個Cut、Cope、Paste，剪剪貼貼，便大功告成（多麼好的資訊時代！），而教師除非三頭六臂，也無法一個個口試驗証……

那麼這個評點方式，你認為好嗎？

只要你看完書，便自己在教室內的電腦上網，點開為這本書設訂的閱後心得考核題目——完全就此書的內容設計，大約有十到二十題（視書本深淺而定），你自行測驗，等顯示通過，就可列入你的閱讀數字。我問Howard：「有同學作弊嗎？」這是他壓根兒想不到的事！「怎麼可能？」才知這是「以小人之心度君子之腹！」事實上

「誠實是上策」的美國中心思想，至少在教育體系上還是力行著。

精彩在後，讀了一百萬字的獎賞是什麼？

你以爲有獎狀？或對以後升學申請的積分有幫助？

據我所知，是可以到教閱讀的老師家玩，老師請這十幾個百萬字閱讀通過者到他家吃糖果、點心！孩子可樂了，樂在一起聚在老師家談天、吃東西，這是多麼簡單的幸福感！可是，你閱讀的勳章是刻在自己的心版上，是表現在你長大後智慧的臉龐上……腹有詩書氣自華。

然後，離開教室的那幾個月——寒暑假，完全沒有規定要閱讀的書目；也不必寫任何心得報告！這時閱讀教育的責任，從學校轉移到家長和圖書館手中，也就是社會也要付的責任。

我曾經寫過二年級的Howard暑假如何去圖書館借書的情形，基本上各社區都有完善的圖書館，每本書都標示適合閱讀的年級，也都有閱完的評量，通常孩子一次會借十本書，等還書時，館員會問孩子一些書的內容（依我旁觀者看來，是以從寬爲原則—美國是孩子的天堂！不刁難）通過後，讓孩子選自己喜歡的一本新書，免費送給你……這無形中獎勵著閱讀胃口初開的孩子。

總之，「閱讀不僅是拿起一本書，而是改變許多人的生命。」

「閱讀是一種投資，就因爲是針對小孩，如果現在沒有，以後也不會有，因爲小

孩很快就長大了。」

家庭也有責任：有愛書的大人，才有樂讀的孩子，以身作則才是上上策！

親子水上樂園‧Great Wolf Lodge

九月二日到三日

九月一日是美國的勞動節，國定假日，若遇週末日，則星期一補假。

早在我來之前，女兒女婿就訂好九月初兩天的假期，帶Howard和我到Great Wolf Lodge（大野狼小屋）去玩。這其實是位在科泉市、剛開始才成立兩年的水上樂園旅館，結合住宿、水上、陸上活動爲一體的遊樂園，適合親子輕鬆來此度假，一定要入住，否則不能入內享受所有遊樂設施，眞是我的初體驗！

的確，有時踏出舒適圈要遠行，會有些懶，因爲沒活動的日子，我與書、電影爲伴，享受無閒事掛心頭的「人間好時節」，可是「世界明明那麼大，你爲什麼活得那麼小？」

走吧！誰說的：要麼讀書，要麼旅行，身體和靈魂總有一個在路上……

來到名字叫「大野狼小屋」的度假旅館，其實是宏偉的建築，十樓高建築座落在青山白雲間，夏末秋初天高氣爽，我望著天際變幻著身影的白雲，好美！這是大自然的傑作；等到進入Great Wolf——童話故事的世界，五彩繽紛，方知人定勝天的巧技，它們的確替孩子創造了「快樂天堂」！

光是房間，有父母寬敞的臥室，後側毗連一間彩繪屋，卡通人物維妙維肖、繽紛美麗，仿石頭屋建築，有一洞口權當窗子，裡面隱蔽、神祕，上下鋪……我和Howard活像是白雪公主的好朋友~小矮人一般，連夜之夢都精彩。

所有商店街、陸上運動——高爾夫球、保齡球、電動遊樂場、攀索……應有盡有，但要自付費用；完全免費的是水上遊樂場。

住房客手上套的藍色紙手圈有開門房和支付一切買物、玩遊戲的功能……

大部分的親子是爲水上遊樂園而來，第一天我也加入衝浪、滑水道、水中投籃的遊戲，Howard自是不放過每項刺激、有趣的活動；第二天，我成爲觀衆、攝影師，我不願錯過每一個溫馨的鏡頭——那個年輕媽媽一手抱一個不到周歲的雙胞胎，旁邊還有個三歲的姊姊；那個滿身刺青的爸爸（他背上刺「龍蝦」、頸子刺「貴」——他喜歡吃龍蝦嗎？）俯看女兒好柔情！有個非裔女子在躺椅上看手機，可愛嬰兒就趴在她身上……

世界上的爸媽都是一樣的，不分種族，全都爲兒女犧牲自己的時間、體力、精神，無怨無悔，而美國人更無「養兒防老」的觀念，那他們給孩子的快樂和尊重，幾乎變成行之不已、不求回報的傳統，我突然有一種莫名的感動！

「海外」存知己，天涯若比鄰：洛城六日札記

九月十一日

當日子不再來得及以一天天的記載存在，而是以一週一週飛馳而過，你知我的感覺是什麼？~白駒過隙，趕快縮影攝像。

這是大旅行中的小旅行~

既已飄洋過海到美國丹佛，洛杉磯就不遠了，

「海外」存知己，天涯若比鄰……

我來看你們了！

迎我的是亮麗秋光裡熟悉的臉龐——莫愁、璟君的接機；「稻香」中餐廳見到的——孟麗、張挽夫婦，從台灣到洛杉磯的距離，從大學到初老的歲月，時空無痕接軌，彷彿我們不曾離開過。（#九月六日）

孟麗住在南加州接近聖地牙哥的長青住宅，離我姪女瑞玲家大約有四十分鐘車程，連續兩天他們安排了Getty Villy美術館和LA沙灘的行程，來回Getty Villy等於一天內跑台北到高雄的距離，但「與友同行，此路最近」聊著聊著……也不覺遠。親炙私人美術館的豐富典藏，感念捐館者無私的大愛，在古希臘羅馬的文物間流連，我了

解到時間的消逝雖令人哀愁，卻也是累積美麗的元素，若時間夠長，文物不朽，那就是經典；我們不老的友情也是，美好地走向地老天荒……

在Laguna Beach海岸漫步，看白色沙灘上比基尼女郎；看海鳥滑起、飛翔、降落；看遠處藍海裡的孤帆遠影；看高高聳立的椰子樹，在微風裡搖曳出南國的風情；登高一覽半月形海灣、浪花來回拍打岸邊，不是驚濤駭浪，只是溫和的潮汐起伏；只是一份自在的吐吶呼吸，簡單的大自然運作，卻足以讓我目不轉睛，沉浸在動人的景色中，直到落日降臨，又是另番風情……總要告別！（#九月八日、九日）

知道新移民至此的孟麗，在張挽的臂膀裡，過簡單幸福的日子；在大自然的美景中，迎晨曦送夕陽，他們有著絢爛歸平靜的生活，兩顆緊緊相依的心，並不寂寞，暮色如畫。

姪女雖畢業於北醫藥學系，但嫁個好夫婿，所以在美國一直沒上班，愛閱讀也會寫作（作品常登在〈世界日報〉）擅捏陶喜作畫……整個家充滿琴棋書畫的氛圍；姪女婿高科技工程師，退休一年多，在後院複製了他豐原老家的田園風光，農家基因即使離開臺灣四、五十年，依然根深蒂固扎在血脈裡，所以我在他們家每日早餐吃到的優格沙拉裡拌的水果——蘋果、彩椒、番茄……全是來自後院，而後院還有火龍果、芭樂、蓮霧、紅柿，及蔬菜——絲瓜、九層塔、番薯葉……不用農藥，多物種的有機經營，讓每頓早餐都健康營養無負擔，啜飲自製果汁，簡直是瓊漿玉液，感謝穿梭在果樹菜園間的農夫——姪女婿！

他們是虔誠的基督徒，九月六日當晚，在他們家參與了十個左右教徒的聚會查經班。

雖非教徒，但我愛聖經箴言。這本全世界印刷排第一名的經書，充滿了智慧與啟發。

當晚探討馬太福音第五章：門徒爲鹽爲光……

我也提供了一些客觀看法：鹽多太鹹，無法入口；適量卻可增添美味，所以我認爲門徒在宣教時不宜過激，循循善誘，讓未入門的人去體會你的好……過強的光刺眼，和煦的光是溫暖、希望、是驅除黑暗的力量……在座菲籍七十七歲牧師亦認同，一段經文用一段生活經驗去詮釋，聖經和四書五經一樣，也是人生的哲學，能激盪出靈魂裡的美麗浪花！

九月七日拜訪姪女一兒一女位在playa Vista的家。現代年輕人不管在台灣、美國要買房都不容易，他們倆各自成家生兒育女，買的房子可能區域不錯，貴得驚人，獨立三樓房（愈來愈像台灣，沒什麼庭院，往高空發展），居然要美金一百四十萬，加州居，大不易！看到有能力的年輕人組織家庭、兒女可愛，甚是歡喜，彷彿他們替社會增添一股安定的力量。

九月九日和姪女去她成立了七年的寫作班，今天雖只來了四個（生病、旅行的仍

線上傳給老師作業）佩服這群移民自臺灣的太太們——音樂系、地理系……沒有一個科班出身，卻寫出雋永句子或詩歌，我們朗誦每人作品，討論她們創作的文思，爲興趣而寫作的認眞，令人感動，當然她們沒放過我，教了她們一些古詩常識，也卽興合作了一首現代詩～

我住在海邊別墅的牧師朋友也是大學同學的安濤，終於和我們在九月十日見了面，璟君也來共午餐，全是教徒的他們（包括姪女夫婦）很喜樂的在湖邊暢談～

離開洛杉磯的前一天，我們談耶穌、吃安濤付費的日本料理。

最後一天在洛城，抓住上午的空閒，去上L.T.P.C長青教室的第一堂課～「機器人的時代來臨，你準備好了嗎？」幽默的劉三牧師把機器人代替眞人的時代現象說得活靈活現，但又歸結到機器人無法代替眞人的理由是～人有夢想、有淚水……有心、有靈魂，卽使眞的人生不完美，但我們要接受它，因爲假的卽使完美，永遠眞不了！

帶著千里而來的眞實感情，我擁抱了來送機的璟君、莫愁，她們溫馨接送情，永誌於心～我要回丹佛了……

眼看我的飛機飛走了！（轉念間海闊天空）

九月十二日

這篇應是「旅行中的意外」。人生有許多的意外，是命定的，還是人爲的？有時界線不明，但我知道：前幾年從舊金山轉機到丹佛，因丹佛的暴風雨，飛機盤旋不下，無法降落丹佛機場，遂往Colorado Spring機場停機一兩個小時再飛回丹佛機場的那次，絕對是自然的因素造成。

可是昨天，明明大學同學璟君、莫愁兩點四十分就到姪女家接我，去機場陪我聊天，看著我檢查行李通關後，才離開，我應該是四點多就在九號登機口坐定，離登機證上的登機時間五點三十六分還有一個多鐘頭，有恃無恐，這是離姪女家很近的小機場（John Wayne）一條通的二十多個登機門一目了然，也是我無數次穿梭機場遇到最簡單的機場，我守著九號登機門，沒錯，就這樣開始整理這六天來在洛杉磯的日記，一天天的回憶重溫，我下筆不能自休！等到我抬頭看告示牌，才發現登機門改了，是隔壁八號（許是我的耳朵完全關機）還好不遠！等我移過去，時間是六點零八分，而飛機起飛是六點十一分，櫃檯趕緊聯絡機艙，給我的答覆是：機門已關閉，飛機起飛了！

糟糕～我的飛機飛走了！心裡頓時湧上的是那首歌：我的青春小鳥一去不復返……

櫃檯請來會說廣東話的服務員，很有禮貌的問我要改搭那一班機回丹佛？是當晚七點五十五分的（要在洛杉磯國際機場……他們會用卡車載我過去，但車程一小時）還是搭第二天早上十一點二十三分或晚上六點四十五分的班機？

考慮到達大機場只剩三十分，還要海底撈針、在廣漠的機場找飛機，可能會耽誤。終於聯絡姪女再一次來接我，等第二天在同一機場，搭十一點二十三分班機。

那說廣東話的男子給了我一張第二天的登機證外，外加一張十美元早餐券，囑咐我第二天可以在任何餐飲店吃早餐（他說：別忘了吃）並送我到UA出口處去等候姪女婿的車～

我因此在橘郡姪女美麗的家又留了一宿、我因此白吃到一頓美味早餐、我因此不必勞駕女兒深夜來接我～這不是頂好的事嗎？

今早不敢疏忽，緊盯看板，果然登機門從本來的九號又換到十號，這次，沒錯過！

我實實在在回到女兒丹佛的家～回家的路雖有點遠，但到丹佛正是台灣的中秋節！（是不是也是註定的？）

#海上生明月，天涯共此時，月圓人團圓
祝福大家 中秋佳節快樂

旅行中的慢板：在科泉市高中同學Eva（月琴）家的悠閒

九月十八日

夢裡不知身是客，醒來方知在異鄉。

不知身是客，是因爲賓至如歸；方知在異鄉是因爲景色如畫。

醒在秋光裡，透過每個長條形、方形、稜形的窗框，我看到遠方山巒起伏的線條，看到綠葉映出的生氣盎然，再抬頭便是湛藍天空裡彩繪出的各種白雲圖像。

人與人之間的緣份很奇妙，從十七歲高中便認識的同學，居然在廣闊的美國地圖上選擇了科羅拉多州落地生根；女兒唸研究所、結婚生子、開業（中醫診所）、也正好在這以大自然美景取勝的科羅拉多，事實上，這塊土地，還住著我和Eva高中同班同學Theresa（淑麟），這樣的機會真的不多！所以我每年除了探親，幾乎都會去距離丹佛一個半小時車程的科泉市和她倆開小型的同學會。

心理學博士Ken Dychtwald認爲：

「人生中親近關係及相互分享的感動經驗很重要，同學會正是如此。」

唯有真正夠交情的朋友，才是你吐露心事的對象；唯有老同學，才懂你走過歲月裡的坎坷辛酸，能爲你心疼不捨，能爲你打氣加油。

這次到Eva家三天兩夜，我設定不遠遊，科泉（Colorado Spring）來過無數次，美麗景點遊了又遊，現在Eva腿力、心臟大不如前，我告訴她：不必帶我去玩，妳家開門就見山，舉頭便是藍天白雲，我們就在家聊天，也想親炙體會你們家居生活，讓我一路奔波的旅途，找到休憩的驛站……於是：

Eva的先生Scoot繼續沉浸在他電視的運動節目中；

後院的松鼠繼續奔竄，躲在灌木叢裡；

幾隻黑裡透白的鳥兒，依然優雅地在朗日下的青青草地起降～來了又去、去了又來！

希望我的到來，不干擾大家，讓千載白雲仍悠悠。

我和Eva的長聊，從白天到黑夜，像一千零一夜的故事，一直轉換主題卻還接續不斷；

而當住附近的淑麟來時，我們更是翻箱倒櫃找出許多遺忘的往事，彷彿眞是吃了回春藥，大家都成高中純眞孩子，沒有客套、不必僞裝，可以胡亂瞎扯，有一種說不出的輕鬆感，像飲了淡淡的醇酒，甘甜且餘韻無窮。

Eva的廚藝不在話下，每頓變化菜單佳餚的功力，讓我望塵莫及；加上她的熱情，自九〇年代接待來此空軍官校或大學的台灣留學生到家吃飯，一屆接一屆，替她贏得「留學生之母」的封號。一飯之恩的學生回台後，仍和她保持聯絡。九月十六日晚，

當年十六歲的James現已在香港開了一家基金公司，趁到美國出差拜訪Eva，我們共敘晚餐，時移物遷，十多年後，他帶女朋友來，是忘不了當年Eva擁抱獨自漂泊異地少年的一份溫暖嗎？我們聊財經，好愉快！

仍在旅途中，急管繁弦的奔走下，到Eva家或回到女兒丹佛這裡，彷佛是樂曲中的慢板，悠悠自在，心情放空，然後，準備再度出發～

#九月十六日到十八日在科泉Eva家

一本關於誠品創辦人吳清友的生命故事——《之間》

九月十九日

人都需要典範，在生命某個點，你閱讀了某個人的傳記，於是你的生命可能因此頓悟、可能因此轉彎，往那更美好的方向前進！

影響吳清友的兩本書是：

史懷哲的《文明的哲學》和陳慧劍的《弘一大師傳》。

在吳清友中年（大約三十八歲）時，已獲得所有不可思議的財富（十億以上）～他卻在這種豐腴的生活中感到空虛，他隱隱然害怕生命的所有，可能會被眼前的飽衣暖食所拘限，而停步自滿，於是他得了早發性的中年危機～

如果說童年的貧窮，曾經是他人生最初的、唯一的「財富」；那眞正暴富了，爲什麼卻感到內裡深刻的「貧窮」呢？

於是他開始大量而廣泛研讀心理學、宗教與哲學方面的書——急欲開拓人文視野、尋覓典範。穿越表象，到達實相，建立更正確的價值系統……

這時色相馳騁、一心寂滅的弘一大師是典範：出家，是弘一大師內心更深的追求；

這時信念不容退縮的史懷哲醫師是典範：立定志願，維繫自己的生命以及我們影響所及的每一種存在的生命，並引導他們抵達其最高的價值。

不管弘一的出世、史懷哲的入世，兩位哲人終其一生為所信仰的生命價值跟主張奉獻，吳清友的生命得到莫名的鼓勵，也種下他開誠品書店的種子～

「最偉大的創作盡在書中」書本如此無私地對每一個人敞開，如此眾生平等！當你去到吳清友那帶著「崇高的浪漫，對眞善美永恆的追尋」理念而創辦的誠品書店，能不感動嗎？

在由貧窮到致富以完成求道初心的吳清友身上，我看到他竭盡其力，用自己的光照亮自己、照亮所存在的世界與時空。

若你還好奇他出國為何「為一條在國內值美金四元的牛仔褲，在夏威夷的櫥窗內可以掛價賣到四十四點多美元？」而感慨叢生！（剝削台工之現象，創立品牌的重要……）

為什麼台灣人不配藝術？他去倫敦欲購畫廊國際雕塑大師亨利．摩爾的中型件品（值一千七百五十萬台幣的大數字）後又決定不買了，他受到怎樣的奚落？

當晚他決定不買時，曾打電話給太太：

「不買作品了，我要用這些錢，回台灣做更有價值的事。」

看吳清友這本《之間》，彷彿我們走了一趟他的生命之旅，而此刻我正在美國旅途中，風簷展書讀，古道照顏色，不知不覺我把他放在——史懷哲、李叔同和他也喜歡的《流浪者之歌》作者赫曼．赫塞之間，他們是有同樣的高度。

而其實，所有人的生與死，起點與終點，都一樣。

只有這兩點「之間」（In Between），才產生他和凡人不同的差異……

#二〇一九年九月十九日在丹佛，應學生杜銘章教授在FB網路PO文之約，完成推薦一本我喜歡閱讀的書。

如果讓「寫作」成為「樂趣」……

九月二十六日

年少時，寫作——也就是完成一篇作文，對大多數孩子來說是件苦差事，那是他的工具不夠，除了欠缺表情達意的文字功力，他還沒有累積生活的直接題材、或大量閱讀的間接題材，正是處於「巧婦難為無米之炊」的窘境，於是少有小朋友一開始便喜歡寫作的。

求學時，寫作仍是苦差事。那是一種應付課堂上繳交作業，或在各種考試中被判定ABC成績、及是否能晉升的呈堂供詞，誰能真正直抒胸臆？暢所欲言！多半經營出迎合老師、主考官口味的諂媚文！

那麼，一旦脫離寫作文的牢籠，誰還要嘔心絞腦、大費周章去寫作？

除非必要的求職自傳、履歷或工作報告。那也還不是自己直面自己的寫作方式，絕不是逍遙自在的告白，仍是桎梏心靈的完美文。

何時才能嚐到寫作的樂趣？必是「無所為而為」時：

不為什麼目的，只想說一些生活感想、抒發內心情感或面對事物的看法，這便只是追尋乍現靈感、以我手寫我心的記錄～十分快樂！

當我在洛杉磯遇見的「成人寫作班」便有如此自由、自然、自在的寫作方式。

姪女瑞玲七年來一直在與一些移民的太太們上輕鬆快樂的寫作課，幾乎用盡心思。

她每個月設計三十個（或三十一個）題目，很簡單的一句話，讓你回答一個自由聯想的答案～

或用影片命題，寫下短文觀感～

或讓大家湊成一個諸葛亮～完成一首詩

以下是我親自參與的那一次（八月），寫作班的成品，我覺得很不錯，便借我FB一角登出，供大家欣賞，期待給予這些過耳順之年的太太們一些掌聲！

1.看奧黛莉赫本年老的影片、聽李健〈當你老了〉的歌，寫下心得

這是班上周健華女士的文章〈當你老了〉如下：

「雖歲月催人老，老，不就是有幸地走過青春路，被大大祝福的人嗎？

年輕，非僅人生旅程粉頰唇紅及矯健；老年，非僅佝僂於臉上皺紋的無助與恐懼。雖有老而不死是爲賊的警惕，也有老而彌堅必有用的鼓舞。有八十歲的秋天春華，也有二十歲的春風落葉。

老，早已擁有青春之勁活，中年的衝刺，經歲月沉潛，理性思維漸臻成熟，使

身心靈更有陽光朝氣。就算歲月流逝生感慨，仍可自樂於人生不老，心中活出天長地久，喜現與眾不同的松勁之風情。

當你老了，願我仍以年輕的心陪伴，盼你用深春的清風拂我靈；當我老了，願你仍擁有瞻識的心待我，我以盼望的生氣吹向你的心。願你我生命中無論青絲或白髮，我們的芳華永不言老！」

2.三人集思作品

中秋望月（每人一句）

「詩人總是帶著憂鬱的氣質

望著月亮飲一壺思鄉的酒

我留不住故鄉，故鄉卻留住了我」

3.每日一題：八月分練習題

1.是時候到了 2.災難過後 3.我不在乎 4.虎虎貓貓 5.被拒絕的滋味 6.講笑話 7.心境 8.情結 9.免費樣品 10.工作狂 11.讀書樂 12.夏日情懷 13.一個循環 14.玩偶 15.在離合之間 16.泡沫 17.生死相許 18.直覺 19.隱士 20.吃飯皇帝大 21.已讀不回 22.時差 23.超越平庸 24.拼圖 25.遺產 26.說故事 27.僕人的心 28.依然愛你 29.井底之蛙 30.傳奇人物 31.機器人

我自己身先士卒，拋磚引玉~

1.是時候到了~我們分手吧！ 2.災難過後~重建的開始 3.我不在乎~天長地久，

只在乎曾經擁有……

這天，當你（妳）想起我時～

九月二十八日教師節

除了生日卡、母親卡，我總在這個日子收到你（妳）送來的教師卡，不管是以什麼方式，從地球的哪一方向傳遞過來，總會觸動我心裡那塊最柔軟的角落……

從八月七日來到美國，轉眼間快兩個月。窗外油綠的葉子開始轉黃，我在等待這兒的白楊樹（Aspen）掛滿金幣，我在等待一個個陽光下的金幣，像一顆顆黃金般的心，在秋風中搖曳的美麗，那是走過夏天才會有的季節容顏。

一如那時，我在等待課堂上青澀的你，自蛹化蝶，陽光下起舞。

看似長日漫漫～

歲月卻流沙而逝，師生一場恍如夢境，來不及的叮嚀、放不下的懸念都隨風而去吧，再也追不回的風箏遠颺！慶幸你（妳）已成熟美麗，可以面對詭譎人世。

最愛秋天～

西風吹黃葉子，九月啊九月，當我看著金幣閃閃的白楊，

九月啊九月，當你（妳）捎來一顆顆黃金心的祝福，

我收到了！
當你（妳）在這天想起了我，
我也正想著你（妳）。

這天，當你想起我時

文人進「丹佛自然科學博物館」"Denver Museum of Nature&Science"

十月十二日

這個博物館位於City Park內，美麗的周遭——秋陽朗日下碧綠的草地、草地上週日的人群，圍觀著素人自組的足球隊用腳踢去一週來的工作壓力；彷佛也替旁觀的人增添了一些快樂的氛圍。

還沒進入這丹佛列爲前十名的旅遊景點前，我的心情便折服在仰觀的高大建物和四周遼闊美景中，地大物博的資源，讓這國度的人們活得更加抬頭挺胸、自信十足。

其實，今天和女婿、外孫到這博物館，是享受該館每月開放一次「免費參觀日」的優惠（平日入場費成人三十二美元，孩童十五美元）。女兒還在診間忙她的病人，女婿和Howard雖來過無數次，但爲讓台灣阿嬤開眼界，便安排這半天的知性之旅。

共有三層挑高樓的博物館，各種不同主題的展室，都有豐富的展品，供遊客來去自由的參觀。之前，曾網路搜尋到對該館印象，有一則留言是：「小孩擠入三百名，太吵！」眞訝異，這眞是被寵壞的——習慣安靜的國度！我則喜歡看到他們家長攜小帶大（好像至少生三個）進場的熱鬧，或老師的戶外教學，後跟著一大群學生，試想：栽培國家幼苗的科學觀，沒有比這更適合的場所吧！

恐龍館在三樓，但在入門大廳內或第一樓都可見到身型龐大的恐龍：而像三角龍、梁龍、劍龍和暴龍……則隱藏在恐龍館內。其實，對恐龍的知識，我了解不多，僅止於孫子的恐龍模型和侏儸紀公園影片。資料顯示：大約六千萬年前，一顆直徑長約十公里的小行星撞上地球上墨西哥東南部的猶加敦半島，造成生物史上影響相當重大的第五次生物大滅絕。一般認爲該次小行星撞擊地球，造成當時地球四分之三的植物及動物死亡，其中當然包含了我們熟知的恐龍滅絕事件。心想：如果恐龍不滅絕，到現在還是「恐龍當家」，會不會是人類滅絕？不，我認爲恐龍太大了！沒有大量的植物供食草類恐龍食用，或是肉食性恐龍獵盡周遭動物，會不會自相殘殺，引發恐龍戰爭！像人類消滅同類最好的方法——訴諸戰爭！其實，撞擊後的地層變化、天候異常嚴寒，應是恐龍滅絕的主因，人類有一天會不會步其後塵？……

太空館，滿足我們窺伺月亮或其他星球的好奇心，孩子忙著鑽入只可露出眼睛的太空人模型中，讓父母拍照，圓他登陸月球的夢。

這個博物館，對當地野生動物和地質歷史的保護措施做得很好，應該說：他們介紹的多是科州古早的野生動物，然後及於世界各地的動物；他們先讓人了解科州滄海化桑田的地質變化、地底礦藏，再擴及世界礦產大概。也就是：他們立足本土（科州），放眼世界，更以古鑑今，展望未來。動物標本展示館，栩栩如生的大熊、野牛、羊群……在大自然原野裡，活出牠們的自在；四季不同種類的鳥兒，依稀可聽到

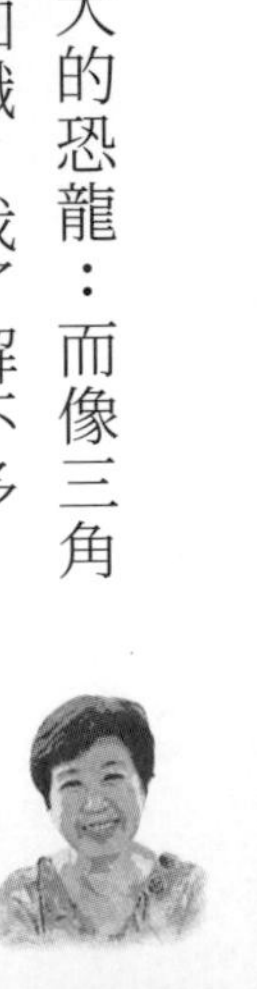

牠們在繁花嫩葉間的吱吱喳喳……做得太像了！

原來他們還有個透明窗圍起的工作室，專門做維修的工作。一羽一翼的修護、一石一礦的切磋……都在專業人士的努力下，達到至眞、至善、至美的境地！

這裡還有很多的特展館——像這次我看到的埃及文物、包括實物棺木內的木乃伊，都有影片介紹或附有詳細的解說，孩子有實際動手操做的科學實驗課程……等等，所以是個適合所有年齡層參觀的博物館。

慢慢逛，這樣你就不會錯過那些可能在角落或是在樓層遠端的展品，或可穿過彩繪標記時光的長廊；或到三樓去，站在外面的露台俯瞰青青草坪的公園和遠處丹佛市中心高樓矗立的風景。

斯時斯地，我突然想起，若不是科技的進步，我腳下可能還是一片原野，可能還會有奔馳的一萬匹飄著白鬣的駿馬，多壯觀啊！因爲丹佛在美國西部開拓史上，一直到十九世紀後，展開淘金熱，才開始有人定居，發展成一個採礦重鎮……

唉，這就是文人進科博館……

走在丹佛十六街～想太多！

九月二十九日

當陪伴慢慢淡出，目送他漸走漸遠的背影，我知道孫子大了！
不像之前來時，總依偎在一起！問他：爲什麼這次，常看不到你？
他說：是你週末日都不在啊！（一次去洛杉磯，一次去科泉市。）
說的也是。

一向有自己的生活主軸，從圓心伸展到圓周的半徑，不止一條，忙著在異鄉版圖上，丈量陌生的土地；忙著在季節遞嬗裡，體會漸層加上的色彩；忙著用眼去看、用心去找，是否有遺漏的角度？那麼，即使來過十多次的地方，相同的街道，總會上演不同的戲碼，不是嗎？

對蜻蜓點水的旅人，初臨乍到，留下浮光掠影的素描，是一種美；
對經常往返的候鳥，重溫複製，留下淪肌浹髓的油畫，又是另一種美。
同一地方，以前寫過的景，留住的是當時的心情，好奇加上純眞，再也尋不回；
如今描述的景，是加上星星之鬢的心境，有一種老僧聽雨的淡定。
丹佛Down Town最熱鬧的十六街，跑馬燈般的人影穿梭，與我一次又一次錯身而

過的人安在哉？還是矗立眼前的高樓大廈永恆些、還是悠悠白雲、幾度斜陽永恆些，其實十六街的變化還眞不少，多了幾步不到、便有一衣衫破爛、家當隨身、形貌齷齪的流浪漢，有的叨叨自言、有的舞手揮腳的、有的形同枯槁低頭沉默著……這個看似繁榮的國度，難道還有某些經濟上的隱憂？在已然開發的國度中、歌舞昇平裡的邊緣人，更讓人看到天秤兩端失衡的悲哀！也許這也是社會主義開始抬頭的端倪。

走過一百年前國父住過、後來雷根、柯林頓住過，連前些日子蔡總統也選擇下榻的百年旅館（BROWN PALACE HOTEL and SPA）。在這之前，我從未登堂入室，不知其宮室之美，百官之富。其實，這近乎古蹟的旅館，倒也沒設百仞之牆，我們可以堂而皇之走進去，服務員還很客氣地引領我們隨處參觀。經長久歲月，內部變化甚大，餐廳看過去好像是大門的地方，之前是個大壁爐；許多像教堂的彩色玻璃窗，還在宣示它舊時王謝的富貴形象；寬敞廊間可享受俯瞰的樂趣；休憩椅上，可想像當年達官貴人的叱吒風光，但有些陰暗的角落、陳舊的電梯、古董鐘、斑駁牆壁……都標幟出它走過的歲月痕跡，再美的剎那都是煙花乍現，留住的都不會是形體只是精神。

又一次來到丹佛最繁華的十六街，而我們這次去，只是爲一碗好吃的日本拉麵，慶幸自己是這麼一個自在的凡人。

科州四季拼圖，找到秋天那一塊了！

十月四日到六日

來了不下十二次的美國科羅拉多州。退休之前，我是夏天飛到此的候鳥；退休後，爲了迎接幾個射手座的孫子，不畏皚雪酷寒，沒得選擇，冬天的白色科州，竟讓我亞熱帶來的子民，也愛上孤舟（總是一個人的旅行）獨釣寒江雪的美學，至於科州的秋天呢？一直還沒邂逅過。

爲等一個秋天的緣分，雖未在佛前祈求五百年，卻也是我心中的懸念。終於，讓我在這幾天遇見最美的秋天。

其實，等待是成就美麗的必要條件……

女兒從九月起，就開始打聽白楊木的消息～因爲要在它滿樹綠葉轉成黃色金幣後，卻又不能太過晚——成帶褐色銹斑的古銅幣前，之間，如何抉擇？

你不想看到夏、秋間的青黃不接；或是落葉滿徑的淒涼吧！

但每年白楊（Aspen）黃澄澄的季節不到兩個星期，大約九月末～十月初，除非是大自然的使者，誰知道今年葉黃是何時？

長住科州的女兒，聰明決定：先訂下九月末、十月初兩個週末、日的旅館，然

後開始注意白楊木葉子的網路訊息～許是今年氣候暖和，沒聽到秋蟬把夏水叫寒、沒看到秋風把綠葉催黃，於是放棄九月最後的週末，改到十月初（四到六日）的週末、日，當然前一天星期五下午就要出發。外孫自是請假半天，據女兒說：星期五中午去小學接孩子的家長大排長龍，原因都一樣：旅遊（看黃澄澄的白楊）

想來，教室不是獲得知識的唯一場所；大自然才是更廣闊的教室。

這次，我們安排了兩個拜訪秋天高山湖泊的行程——

1. Hanging Lake（譯成懸湖）十月五日

十月五日，我們三人（我、女兒和外孫，女婿去過，自願放棄）約八點三十分到達登山口。那是單趟1.2哩長的登山步道，有點困難。因攀升的步道、是由科州大小岩石堆疊而成的不太平坦的階梯，蜿蜒而上，有時，還要受制於大樹盤根錯節的阻撓，但等到你看到「懸湖」的壯麗和垂掛而下的幾道小瀑，那種征服海拔七千零四十英呎高山，獲得的喜悅，不言而喻……只見外孫「來如風去如影」咻！一下就上去，路人皆刮目相看，甲先生曰：「有看到那小孩像飛的過去嗎？」甲太太答：「什麼小孩？連影都沒看到……」女兒自是追在後面氣喘吁吁，我則老神在在，安步當車，突然想起張愛玲名言：「成名要趁早！」何止「成名」？「爬山」也要趁早！這「早」——包括起得早，我們可是六點就要起床，舟車勞頓才到達山口；還有年紀要「輕」，才不致像我「老大徒傷悲」爬得頂辛苦的！

難怪王安石早有警告：世之奇偉、瑰怪，非常之觀，常在于險遠、而人之所罕至焉……

2. Maroon Bells Lake（譯成褐鈴或栗色鐘湖泊）十月六日

夏天來過這全科羅拉多最負盛名的奇景，也是科羅拉多最多人來攝影的景點，是位在Aspen山中小鎮附近的景點，湖的標高是九千五百八十英呎。兩座14ers（一萬四千英呎）高山North Maroon Peak和Maroon Peak在Maroon Lake湖面上的水中倒影，山峰形狀呈三角形，就像是一顆巨大鈴鐺，才稱作爲Maroon "Bells"。總共要花三百萬年的時間，才能形成現在的山谷和金字塔形狀的Maroon Peaks。二〇一七年夏天和先生來此，藍藍的天、白白的雲、青色山脈、碧綠湖水……人在大自然雙臂環抱中，彷若置身圖畫裡。

而現在面對它們四周的布幕更換了——由綠轉黃！山不移、水不動，但秋風一過，終把綠葉催黃……所有白楊樹像 余光中的詩：

「九月啊九月
是誰一張金黃的心
飄飄零零

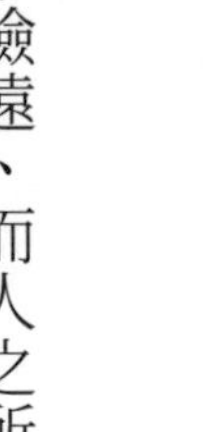

在風裡燦燦地翻動黃金

翻過來，金黃

翻過去，黃金

誰掉了一顆金黃的心？」

我卻在湖邊被一個個似金幣的葉子翻飛了思緒，爲了與我邂逅而展現美麗的你們，請爲我舞最後一曲秋風引，即使終究要凋零、落地，你們將化作成春泥，孕育明春那翠綠的葉片，滿枝頭……

下雪囉！

十月十日

美國氣象局還眞準，到Aspen小鎮看完秋天的黃葉回來，星期一女兒便宣告：這星期四會下雪，你需要金舒毯，遞給我～這時我還穿著短袖夏衫。一兩天過後的今天，清晨，張開眼往透明窗口一望，

雪花飄飄，何所似？

那個東晉謝太傅（謝安）的姪子胡兒說：「撒鹽空中差可擬」

姪女道韞的答案卻是「未若柳絮因風起」

男孩務實，女孩浪漫，從小在理性、感性上就有不同，

我看到的是：落了片白茫茫大地眞乾淨……

下雪，對島國來的我來說，還眞是充滿詩意的，想到方文山的歌詞：

我舉杯／飲盡了風雪……妳鎖眉／哭紅顏喚不回……妳髮如雪／淒美了離別……

妳髮如雪／紛飛了眼淚……

眼前的世界碎成雪花，飄啊飄，落地成白茫茫一片，化作天地間所有的孤寂，我想到紅樓夢中的賈寶玉～那一僧一道，把一塊頑石帶到人間，「俗緣已畢」，便送這

一塊頑石回到青埂峰下，那麼嗔愛多事、過盡繁華的他，最後，其實也只是回到原來的自己。

那麼我們看到的世間「衆生相」，會不會是「無相」呢？

就像原來是灰色的屋頂、綠色的葉、紅色的楓……慢慢覆上了一層一層白色的雪花，若雪花從現在下到深夜，則所有大地就只剩下~單純的白色！大地眞的只有白色嗎？

那是我眼前所識，

而你的世界依舊繽紛、複雜。

我開始了解：「諸佛無相，以衆生心爲相」

佛其實有八萬四千相~

下雪了……讓我成爲一棵會思想的白色蘆葦！

她說：這是靠妳最近的距離~從凰凰城到丹佛

十月十九日

也不知她默默追蹤我的臉書PO文多久了，但只要按「讚」的次數多了，我一定記得有這麼一個熟悉的名字。她叫Kweiman Yang——住在美國。

僅止於此，除非有什麼特別的留言對話，我可能也不會去查關於~她的資料。

但並不表示我對所有要求加入臉書的人來者不拒！

這時代，防人之心不可無。

所以，當我對一個新朋友按下「確認」鍵前，必要條件是：有沒有共同朋友？朋友常物以類聚，看你的朋友，就知道你是什麼樣的人！當然也會有失準的時候。

但只要第一次進來的私訊對話不對勁，通常我會當機立斷，馬上封鎖……

話說這位住在亞歷桑那州的良民Kweiman Yang（楊小姐）加我臉書時的共同朋友是我第一屆明道學生劉立仁，知道她和立仁是世新的大學同學。

從此，她點閱我文章的次數比我嫡系學生有過之而無不及，偶爾也會留言互動，慢慢我們之間有了溫度……

八、九月我到美國來，她追尋了我的旅美行蹤，我到哪裡度假、外孫在美的教育問題……等等，她都很關切，也知道我大概十月底前就離開。

上個月月底，突然接到她給我的私訊：「老師，我準備買十月二十六日的機票到丹佛來看妳！不知道妳哪天離開？」

我馬上答覆她：對不起，我十月二十五日就啟程去溫哥華了，妳不必千里迢迢來看我，等妳回台再跟立仁來我家好了！

結果是：她買了提前一週，也就是十月十八日到十九日從亞歷桑那州的鳳凰城到科州丹佛的往返機票，她是任教美國小學的數學老師，也就是十八號星期五上完課，下午從尤馬至鳳凰城搭機前來丹佛，夜宿丹佛機場附近的旅館，十九號再與我見面，兩個女人的第一次約會大抵成形！

什麼是距離？從鳳凰城到丹佛是一千三百九十二點一公里，從鳳凰城到台北是一萬一千三百八十一公里，也就是這位數學老師選擇搭十分之一路程的飛機來看我的原因吧！但這是從理性的角度來看；但若從感性的角度來看，對一個素昧平生的人，跑了一千多公里，來回花幾百美元，和她喜歡的臉友（她說她喜歡我的文章……）見面，即使十分之一路程，也是好遙遠……

這麼看來，距離遠近不能以公里計，聽說戀愛中的男人，為鍾愛的女友，可以從台北夜奔高雄，甚至連墓仔埔也敢去。

而泰戈爾說過的：世界最遙遠的距離——我就站你面前，你卻不知道我愛你！

同床共枕距離最近；同床異夢距離最遠，客觀環境沒變，變的是主觀的心理感覺。

有時，距離並非空間的，只要跳出自身的心理距離，我們便會離得好近！

十九號上午十一點，女兒載我去她下榻的旅館。第一次見網友，敵暗我明（也許是不太合適的形容，但她一向不PO她自己的相片，我卻天天曝光無所遁形……）對我，還是有些心理的好奇！還好我向來不怕生，我們就這樣一見如故。

但有限的幾個小時，不知怎麼導遊丹佛？

她說這是第一次來丹佛，不是來玩，只爲一個人而來，原來「我」就是她來的目的！太感動了……

只能吃一碗拉麵、只能走一條街、只能順路經過廣袤的洛磯公園國家動物保護區，然後揮手自茲去～

她必須搭今晚六點的班機，從丹佛飛鳳凰城，再開三小時車回到她住的Yuma（尤馬）小鎮，都已半夜了……

辛苦而遙遠的距離啊，但妳天涯化作咫尺，親愛的Kweiman Yang，

今夜若我有夢，一定像妳送的禮物～椰棗一樣甜蜜！感謝妳過來看我。

我們終於走出玉米田迷宮……

十月二十二日（在Anderson Farms）

令人想走向原野——

走向一整片金黃色陽光灑落的秋天原野。

接近萬聖節，處處可見南瓜，也有陽光般金黃色彩的南瓜，堆在超市、放置在屋前台階、懸放在大城市的屋頂，或做成各種美麗藝品——挖洞咧嘴的人頭、鏤空透光的燈罩……十分可愛。尤其接近十月底時，還有許多南瓜田Pumpkin patch，讓小朋友去採顆屬於自己的南瓜，再加工做成各種創意品，那眞是配合時令的有趣遊戲。

趁Howard還放秋假，今天，我們去位在Erie 的Anderson Farms（安德孫農場）郊遊。

從丹佛開車約四十分鐘可到達，農場地址Rd 3 1/4非常可愛，讓人聯想到哈利波特！

每年僅開放九月二十日到十月三十一日這段時間，非常適合大人帶一歲以上的小孩入內玩整天，門票不貴——美金九元，事實上這是一般兒童非常喜歡的樂園。

看到好多輛黃色校車停在入口旁，學校老師的戶外教學常選在這裡，Howard小時也會跟老師來過，他仍十分喜歡走迷宮的遊戲。

一進門，二〇一二年完工，據說是世界最大的人造南瓜像燈塔矗立，是此處的地標，也眞有燈塔指引的功效，當我在一片遼闊的玉米田迷失，走不出來，我會仰望天空、仰望它、並走向它。

這兒有小小動物圈，小孩可以近身撫摸小羊、駝馬；也可坐上電動玩具車繞行；或看載物農務車呼嘯而過……

但最吸引人的莫過於走玉米田迷宮。分前後兩區，前區設有尋寶獵物十八站，完全隱在一株株人身等高的玉米田裡，你必須繞了又繞，東西南北來回尋路，暗圖索驥，直到完成任務，在卡片上打上十八個洞才算完成；後一區，玉米株超過人身，其迷宮路線是用Anderson Frams的英文字母繞行的，更困難，通常只有大人才來……

除了闔家歡的區域，也有需另外付費讓練膽量的遊客玩樂的「恐怖玉米田」和「殭屍漆彈營」。這應該是給下了班的年輕人玩的，十分刺激。

我常想：人類從嬰兒喜歡躲貓貓，到孩子喜歡玩捉迷藏、找人、找東西的遊戲，可能來自於天生具有的愛刺激和好奇心吧，但也有心理學歸之於在尋找：物體的永恆性。

失而復得或歷盡艱辛而脫困，也是令人喜悅的成果。

人生像不像是走迷宮？常在左右或三叉路口要做抉擇，還好它不像玉米田只有一

個出口，人生有許多的出口，就算多繞了路，沿途欣賞到的不同風景，不也是你的收穫嗎？

賦別與啟程～

十月二十五日

從一個機場到另一個機場，代表的是一次的告別與另一次的相聚。

女婿和兒子都是巨蟹座愛家男子，最相似的特質就是：善廚藝，且都不是「君子遠庖廚」的信徒。

前年，草食男的先生，竟會被女婿用鑄鐵鍋碳烤的牛排征服，比我早返台的他，念念不忘那塊牛排的滋味，從不下廚的他，竟跑去COSTCO買牛排，不知是被價位嚇退（比美國貴太多）還是過程太過繁複，總之，最後他是放棄了！照他的說法——女婿烤的原味牛排（只加一點鹽和胡椒）是他有生以來吃過最美味的極品。

昨晚，我的味蕾再一次流連在碳烤牛排和葡萄美酒中，照理，牛排應搭配紅酒，可是我的美國友人Bette（是女兒的長期病患……已成朋友）送的白葡萄酒還沒開瓶，就用這瓶酒來代替吧！沒想到效果一樣好，十三度的淡酒，慢慢在口中散發出葡萄香氣，不是那種夏日豔陽光下甜膩的紫葡萄——而是秋陽下、微燻過的青皮白肉葡萄若有似無的淡雅味道；其實我也不是嗜酒的飲者，只愛就著剛切下的一塊塊鮮嫩牛排，和著酒香去做一趟味覺的奇異之旅。

與昨夜乾杯，酒盡，杯底卻殘留了一些些臨別離愁～Howard說：
妳沒有跟我說生日快樂！他下個月感恩節過生日。
而另一個楓紅片片的城市，卻伸出美麗的雙臂向我招手；
這便是人生長河，在不斷的告別和相見中流去，永不回頭！

溫哥華機場擁抱我親愛的學生如柏和她的帥氣先生Caan，
前年的熟稔感又回來了，仍要住宿叨擾他們十天，
只是那年是在百花燦放的春天五月；
今年是爲許許多多染紅換裝的秋葉而來，
十月末，誰爲我抹胭紅、點胭脂，用最美的容顏等候我？
除了秋天群樹，我是爲你們那顆赤忱的心而來～
溫哥華我來了、親愛的朋友我來了，爲了你們，
我愛上這個繽紛的城市！

驚豔

十月二十五日

來到學生如柏溫哥華美麗的家，門前有一棵楓樹珍品——葉子紅似火，有九個花瓣（一般楓是三瓣、五瓣、七瓣……）

當時眞是驚豔！莫非：

楓樹啊！舉起手臂，小心地捧住了夕陽，讓晚霞的血液，就這樣一滴滴滲入葉脈，每張葉片，遂因而紅潤明亮起來……

十月二十八日

A.秋天的溫哥華據說一向多雨。

從丹佛來的前一天，溫哥華還是秋風秋雨愁煞人的氣候，學生如柏很憂心滿樹的紅葉，會不堪狂風肆虐……豈知，幸運一直與我同行，來到之後，開始轉晴。之前雖起過狂風，但樹上猶留不肯離枝的多情葉，滿地更因落葉而增添色彩。

蓊鬱群樹上的紅、黃、褐葉……鑲嵌在藍藍的天空，陽光從葉隙間篩落，光影交錯，走在圖畫中，是我今秋留下最美的畫面！

只有和女人同行，才有耐心一次又一次的NG、再照、NG、再照……

鱒魚湖的兩個黃昏，湖上捕捉到的彩虹般倒影，劃開的水紋一圈圈、戲水綠頭鴨，還有周遭蒼色垂柳、一抹抹色筆走過的雲痕，在遠天呈現的淡淡的藍、粉紅、白……調合出的浪漫；如柏有雙美麗的眼，要我坐在落葉地毯上、漫步小徑中、微側右臉再試左臉，笑開、不要大笑、頭在垂枝裡……她不怨模特兒太老，就要她的老師在遲暮的微光中，留下美麗的容顏。

如柏差我十歲，這位當年有著瓊瑤劇女主角容貌的她，因中年發福，成為微胖的李英愛，她說她現在不愛入鏡，但她愛掌鏡，我便是她的女主角，心想：若我們在四十年前，有這麼方便的相機，那留下的不該是黃昏夕照吧。但畢竟樹上的、地上的……鮮妍的、枯乾的……也能拼出秋天最詩意、美麗的圖景。

B.除了在大自然尋求楓葉情，這兩天來，我也尋找到往日的友情和接續的空中情緣。

在明道教過兩年書的詩人、記者朋友——徐望雲，還有在明道當過客半年的清棋、玉美老師賢伉儷，應該都是三、四十年前的老同事，他鄉遇故知，談起年少輕狂時代往事，尤其同認識的人、事、物……一切的一切，歷歷在目，彷彿我們並沒有走遠，今日相逢猶恐在夢中！欣慰的是：他們移民在異國的土地上，依然過得自在快樂。

C.二十六日下午，在溫哥華Science World附近的公園裡，我和欣儀及她可愛的兒子小山又見面了～那是兩年前，我從溫哥華返台時，結下的空中情緣。

當年欣儀和她加拿大籍丈夫帶著剛出生半年的嬰兒回台探親時，我們坐在同一排。一路上，看他們很辛苦，我便偶爾幫他們抱小山。沒想到這份緣一直延續到現

在。

我們又在溫哥華見面了，小山已二歲七個月，好帥，他會中文，稱我爲：「飛機上的奶奶」。

雖然那時他太小，可是我抱他的溫度，是否鏤刻成某種特殊的基因印象呢？

欣儀說他們位在維多利亞的屋子正在整修，明年一月完工，希望我能去看看，會的，若有機會當拜訪他們，尤其這次沒看到她先生Scoot，但願這份緣長在，情長在。

D.結語：明儒王陽明曾說：「你未看此花時，此花與汝心同歸於寂；你來看此花時，則此花顏色一時明白起來，便知此花不在你的心外」～是的，不管叢林中的一株紅，或滿山遍野深深淺淺的紅，楓因我來而妝點打扮，她寂寞守候了幾個日子，只爲迎來一顆懂她的心。

深秋，爲她，我踩踏了多少迢迢之路，但每一步都值得！

可愛的裝神弄鬼～在加拿大過萬聖節

十月三十一日

小時候，很怕鬼，因爲鬼都在想像中，幻化成魑魅魍魎的駭人形象；及至走過人世間幾多路，發現壞人比鬼可怕，沒見過鬼害人，但見過人害人、人殺人！

那麼到底該怕的是人還是鬼？

日本《四谷怪談》中的鬼三頭六臂、頸長舌吐，形象可怕；倒是中國《聊齋誌異》、傳奇小說中的鬼，有人性、富人貌——有的女鬼甚至會讓你魂牽夢縈愛上她（像聶小倩、杜麗娘……）、西洋電影中的吸血鬼——雖有人之形、在現實社會裡穿梭自如，卻是明裡來、暗裡去，算計你（妳）的血液，非善類。

那麼最可愛的莫過於萬聖節小孩扮的鬼！

萬聖節傳說源自於古老凱爾特（或譯塞爾特）人的節慶——薩溫節。——凱爾特民族是公元前二千年活動在西歐的一些有著共同文化和語言（拉丁文）特質的有親緣關係的民族之統稱——

薩溫節，人們會點燃營火和穿著可怕服裝來阻擋鬼魂（例如縫針面具……）

在第八世紀的時期，十一月一日是個向每位聖徒致敬的日子，也就是諸聖節。爲了要配合像薩溫節這樣的傳統，在諸聖節的前一晚就被稱爲「萬聖節前」，之後就改叫「萬聖節」了。這一天，被視爲是溫暖夏日季節的結束，黑暗又寒冷冬天的開始。這個時間點又常跟死亡相繫在一起。凱爾特人相信十月三十一日這天，人間和陰間之中的界線會變得模糊，也就和我們中元鬼節一樣，好兄弟可放出來閒逛，爲怕被鬼魂認出來，凱爾特人當晚出門會戴上可怕的面具，鬼魂就不會把他們認成一般百姓了！

至於「Trick or treat」（不給糖就搗蛋）其實是到十九世紀下半葉才流行，先是美國人仿效愛爾蘭與英國傳統，家家戶戶要取糖果或錢或是替自己裝扮一下；而家庭爲了避免被戲弄，怕房子被貼滿衛生紙巾之類的，就給鄰居小孩一些甜頭像是糖果，基本上是個可口的賄賂……

上星期，雖萬聖節未到，在丹佛的街頭店家、銀行裡、百貨公司已看到許多鬼的造型，來到加拿大，一樣在社區房前、院子、窗戶外……碰到許多白衣飄飄、黑影幢幢的鬼！

在如柏家，第一次感受萬聖節的氣氛。他們買了許多小包裝巧克力和芋片，足夠滿足一百五十個來敲門要糖的孩子之需要，先是來個典型粉白臉上針縫嘴唇的鬼，再是一隻打扮成獅頭的黃金獵犬，還有黑衣巫婆、粉紅公主、吸血鬼、熊貓……

小孩裝神弄鬼眞可愛啊！～突然想念起我三個扮超人、星際大戰風暴兵、忍者的孫子……

紅楓落滿地，行道樹只剩枯枝，再美好的景都留不住
就要告別，當我在台灣的家，過感恩節時
我會想念這裡的一切；
想念你們給我各種異國生活體驗，感恩！

楓葉別枝、海鷗飛處……溫哥華美麗的耶魯鎮和煤炭港

十一月二日

晚霞滿天照的黃昏，猶有整排紅燦燦楓葉的隧道，耶魯鎮透著夢幻般的色彩……這個Yaletown周邊有著高聳入雲的大廈群，夕暉裡，一座大廈的身影投射在另一座大廈的帷幕玻璃上，二者合為一，你儂我儂，分不出誰是誰，這是光影變的魔術。

雖是跟著時尚脈動走的城鎮，卻發現這裡遺留著百年歷史的痕跡，它擁有一八八〇年代的扇形火車維修庫，一八八七年的第一輛火車頭、一九一〇年代的歷史儲倉建築……曾經的鐵路，是現今有特色的街道；曾經滿是倉庫的工業區，現今轉變為時尚的商業區，這又是時間變的魔術，我愛那古老的紅磚外牆，彷彿史書上的一頁，記錄著耶魯鎮的過去……

不趕時間的話，沿著內海福溪畔的綠地、步道、碼頭與公共藝術休閒區漫步……耶魯鎮提供給居民和觀光客很好的戶外生活空間，林思齊公園的園林、落葉滿徑，常覺深秋來到的溫哥華，滿眼看的、腳下踩的，都是繽紛、都是美麗……連海濱鷗鳥的灰、內海遊艇的潔白都耐人尋味！

來到距耶魯鎮不遠的煤炭港（Coal Harbour），也是市中心區域，有碼頭、山景

及各種氣氛悠閒且高檔的濱海餐廳。望著往維多利亞飛去的小型機，起飛滑過粼粼海面，尾巴泛起一道長長水紋，然後向山的那一端盤旋飛去……聽說只要二十分便到達目的地，而之前搭過的遊輪，卻要二小時才抵達維多利亞，但可欣賞沿岸風景，是另種悠閒的旅遊方式。

Caan眞是好的嚮導和攝影師，抓住每個景，替我留下飛鴻的泥爪，我也將在大半楓葉離枝、許多返加候鳥棲止沙灘的日子裡告別……

向每棵仰望過的楓樹、相聚過的友人致謝！

釣得彩霞滿漁船

十一月三日（在溫哥華漁人碼頭）

爲守候紅色的落日，我們來到黃昏的漁人碼頭。

和世界所有漁港一樣，此時的漁船紛紛靠岸，新鮮的漁獲在碼頭甲板的攤位上被叫賣著，一臉盆滿滿的蝦子才加幣十元（台幣二百三十元），還有一些新鮮的魚類，包括當地最有名的鮭魚，都比一般市場便宜……我想起了旗津、梧棲，但思念故鄉的老饕主婦，只能讓相機吃個飽，今天我只是逐日的過客，達達的馬蹄向觀光人潮聚攏處奔去。

夕陽，起初是橙般的圓，顏色也是橙，在水面上下各一個，其一是倒映的幻影，眞是鏡花水日，這是在水波搖盪中的太陽，太陽它有腳啊，而且腳程匆匆，一下子下成半圓，接著變一橫線，金黃與藍與粉紅（映霞）在調色盤上，被彩筆一揮一抹，便塗成一幅繽紛的畫作，而且是一百八十度的橫幅畫卷，開展在我們面前，偶爾幾點黑色飛鳥掠過，畫面遂靈動起來……

又有船隻駛進，水面泛起一層又一層漣漪，自遠而近，在餘暉映照下，像女孩的褶裙，一褶一褶的湧過來、柔軟美麗……

這日天好晴！落日沉入海裡，反射的天光雲影一片通紅，正是古詩中「落霞與孤鶩齊飛、秋水共長天一色」的境界。

就著近景：船身、水紋；中景：晚霞、暮色和遠處蒼茫枯枝樹影與飛鳥；我在漁人碼頭，留下這趟旅程最後一天的華麗和溫柔。

衣帶漸緊終不悔，爲伊迎來幸福肥~

十一月八日

看見美食時，我同時看見的是感情、愛和生命，這也許是我之所以無法抗拒美食的原因。

當然，只是笑話，有人說：旅途中，別採購太多東西，萬一行李超重要罰錢；但若把美食吃下肚，體重增加，是不必加錢的。

一代文學大師梁實秋有一本書叫《雅舍談吃》，他以談吃爲樂事，以饞自豪，認爲饞是不可抑止的大欲，可以饞的人，表示身體健康、生命力強。

也許多少受到暗示：能吃表示健康！

於是，沒有糖尿、三高問題；能大口喝酒、大口吃肉，名正言順的愛吃金牛座，很難克制美食之饞，可心理上更難克制的是：朋友勸食的盛情！

從丹佛，有個善廚藝的女婿，可以洗手作羹湯，他的牛排、三杯雞、羊肉火鍋……色香味俱全，完全有職業水準，加上有正當的說詞：「媽，哪有人到美國減肥的，要減回家再減……」那就吃吧！

很愛在廚房費心燉煮燒烤的高中同學Eva，在科泉幾天的度假中，看她調製食物的過程，已是一種視覺藝術的享受，遑論送入口裡那趟美好的味覺旅行。

旅行洛杉磯時，與幾個大學老同學相聚，心情一好，談笑間，食物灰飛煙滅，療的不是肚飢、而是相思之渴……

至於姪女夫婦，讓我每天汲取的是健康、營養，更無罪惡感。來自自家後院土地生產的有機蔬果——翠綠絲瓜、鮮紅火龍果、青色葉菜類……加上堅果、優格調製的沙拉，是沒有負擔的美食！大啖之。

到了溫哥華，在學生如柏家的日子更不用說了——他們夫婦眞是「有事弟子服其勞，有酒食先生饌」的實踐者，帶著遊山玩水外，吃盡方圓幾里內的中、西、粵、潮、滬……佳餚，每晚，不忘奉上葡萄紅酒或加拿大威士忌，配花生、腰果當消夜。一邊看隔洋故鄉的新聞、一邊聊天南地北的雜事，身上許多的肉便在暗夜中滋長，我認爲都是「酒」惹的禍，偏Caan查資料，說：喝酒對心臟有益，且可消除脂肪……他眞是勸食的高手！

溫哥華大學好友特選的義式西餐廳，創意美麗的地中海食物、瀟灑的擺盤藝術，讓人食指大動；與望雲老師久別重逢，在潮州港式飲茶，飲的是流水年華裡的點點滴滴，方覺茶裡日月長，人生倏忽過……

另一個徐老師和張老師夫婦，早在四十年前，我們在明道校園裡錯身而過，卻因兒女姻緣，在溫哥華他們與如柏夫婦成爲親家，世界眞小，我們是熟悉的陌生人，共

同的人事物，讓我們一見如故，在他們舒適的家，徐老師親自做的客家小炒、排骨燉蓮藕湯、紅燒肉、炸溪魚……美好的滋味，從口中幻化成思鄉的滋味，我和徐老師都是高粱的愛好者，但此刻我們喝名爲「季」的日本威士忌，酒醇易入口，想起古人煮酒論劍、對酒當歌的場面，這一夜，我們喝掉三分之二瓶，眞個酒逢知己千杯少，不覺溫哥華的夜已深，管他環肥燕瘦！減肥，回家再說吧。

果眞，回台後這兩天，遇到我的朋友都說：妳胖了！（與出國前比，多了三公斤）

該來個減肥計畫，可是接下來排滿的飯局十三、十六、二十、二十三、二十四、二十六……

唉，看來我的幸福肥是無藥可救了！

#衣帶漸緊終不悔……還是向所有盛情招待我的美加親友們致謝。

對不起，我遲到了，明道五十週年生日快樂！

十一月十一日

當在美國度假時，我在一連串的FB上，看到明道五十週年校慶的活動，其實早在一年前我便知道：這將是一場成功的盛宴！

我的學生明群回明道任教，才學兼俱，能勝任教師工作之外；人緣好、能力強，不到幾年，便從活動組長做到訓育組長，他爲了五十週年校慶，這年來，眞是日思夜想、勞心勞力，運籌帷幄之內，終於十月十九日的校慶大放異彩，頗獲好評。

當然還有許多默默在背後努力的同仁，這便是明道維持聲譽、立於不敗之地的因素——擁有許多任勞任怨的好老師。

明道自民國五十九年下半年創校到一〇八年，五十年來，從篳路藍縷到艱苦奮鬥、轉而安定前行、終開花結果……其中我參與了三十六年，人生有一半的歲月付與了它，歷經三任汪校長，教過二千弟子，情深義重，焉能不愛它？

老同事蕭傳柔，是人力資源發展處主任，爲退休老師爭取福利不遺餘力，校長首肯下，今年校慶終於設置了「同心沙龍」——供退休老師返巢、可以讓大家一起共敘往事、重溫舊夢的地方！也因有了進出校門的退休教師証，主任說我可以在商店街學

生餐廳買午餐和晚餐（憑證還可以打九折）我嘴角上揚，發出會心的微笑——哈哈，從此，我可進去校園買餐，脫離家庭「煮」婦的牢籠，躋身到「貴婦」行列。（家住學校後面，五分鐘就進入校園的好處）明道萬歲！

#雖遲了快一個月，但校慶送老師的禮物，我全數都有，回家真好！尤其回明道娘家，彷彿又回到那最初始的美好，祝福明道校運昌隆。

讀書也可以是一場盛筵

十一月十三日

必須懸樑刺股、鑿壁偷光，那是痛苦的讀書經驗；必須爲考試而三更燈火五更雞，焚膏繼晷，讀書多辛苦！

若是你看到我們的讀書，這麼悠閒喜樂；我們的討論，如此熱絡有趣，能不嚮往嗎？

場地在豪宅裡的客廳、會議室；紫皮柔軟沙發和牆上大壁畫上一抹的紫呼應得恰到好處；會議桌上細瓷法式果盤潔白泛光；一本老黑的《懶人大旅行》慵懶地躺在經過美學設計過的杯盤、食物間，彷彿它也在啜飲香醇咖啡、在跟我們享用甜點或舔一塊入口即化的巧克力……所有盛筵的準備者是十二月例會主持人——美玲，美玲主人的美，不只在容顏，而及於她周邊的事物，只要她手指的魔杖一揮，簡單的物品都會注入美的元素，一花一天堂，書的旁邊置放上藍紫蝶豆花，我們的心就隨蝶飛去美麗境界。

圍坐下來時，心情本就美麗，討論的又是浪漫郵輪之旅，頓時，大家隨作者老黑搭船旅遊去！海上風揚，我們的夢想在前進；船停處，探索陸上風景，我們的視野大

開，閱書之可貴，在於可臥遊、神遊，與天地萬物同遊……

但事實是：文字魅力的確挑起大家郵輪之旅的慾望，我們開始討論如何存錢、如何逐夢踏實，我們眞想要跟老黑去旅行～

老黑要來當嚮導了！作者老黑——田臨斌先生願意在下個月（十二月）九號涖臨三餘讀書會例會，跟我們一起共話郵輪，讓會友分享一場更豐富的文學盛筵，感謝他。

會前會結束的黃昏時刻，夕陽餘暉灑在我們的臉上、心上，光環照亮～

離開時，突然覺得我的靈魂終於跟上了我的腳步！

記得當時穿的叫「天使牌褲襪」……

十一月十五日

回溯剛大學畢業，我到明道中學任教的第一年，他是我任教國文班級的學生之一。

我雖不是他的導師，但因爲初出校門的我，有燃燒不完的教育熱情，當時只有兩個班，我一視同仁，每個十三歲的孩子都當親生，因此，不只導師班，連科任班的學生也都跟我很接近，這樣的感情延長到快五十年後的現在……

那時，小小的他十分乖巧，沒有一般國中男生叛逆期的躁動。

從不惹事的他，總靜靜安坐教室一隅，在擠滿六十四個學生（私校班級人數多）的教室裡，他像一顆安靜的星，也是還學不會控制班級秩序的鮮師最喜歡的乖學生。

之所以對這顆不耀眼、不惹事的星星印象深刻，是因爲我和他的女導師，常會收到他送的一打一打「天使牌褲襪」。

物力惟艱的年代，薄如蟬翼的褲襪，加上美女蕭薔的廣告加持，滿足我們年輕愛美的天性。在絲襪破洞都要補的年代，我有穿不完的絲襪，是多奢華的享受啊！

只是，對一個十三歲的男孩，要遞上仕女絲襪，他會不會有些尷尬？我一直沒問

過他！

逝水年華，在穿破、丟棄的絲襪中流去……，眼前那個十三歲的男孩成了蒂芭蕾（天使改名）襪子公司的董事長，也是擁有一個孫子的外公。在時代消費型態改變中，絲襪不再是女性的必需品，加上大陸、韓國銷價競爭下，襪子工廠一定要轉型，否則無法生存下去，他說他只好研發功能型運動襪，盡量往高品質發展……

我去美國前，他寄來了一箱襪子，要讓我當禮物送給親友，襪子是鞋子好伴侶，這趟旅行，我帶到洛杉磯、丹佛、溫哥華……送給親愛的朋友，「千里之行，始於足下」，希望我的朋友喜歡這雙運動功能型的好襪子。

返台後，想送他一盒巧克力，他卻客氣地說：「老師，這襪子是自家產品，你太客氣了，哪有讓老師送禮的，我請妳和師丈吃飯……」

這就是今天我們在環境優雅的懷石料理店——萬月樓一起午餐的始末，喔，我們聊了二個多小時，聊到現在社會、教育亂象，我突然覺得好幸運：

尊師重道的時代慢慢消失……

就像絲襪的式微

但我永遠記得那時穿的叫天使牌褲襪

一個小男孩一直送我的美麗襪子！

一家走過七十年歲月的麵粉公司：傳承與任重道遠

十一月十六日

先父林樹枝先生早年曾任公職，擔任過南屯鄉副鄉長、南屯區副區長，但戰後，目睹滿目瘡痍、民生凋敝之景象，乃萌起替周邊同胞營更佳生活環境之志，適逢台中仕紳林金聲先生招募合股，於是棄公從商——於一九四九年九月三十日，與之合作，創辦了大豐麵粉廠，位址在台中市西區大全街。

從篳路藍縷到走出一片天，看來容易，其實不簡單，我們一群兒孫也在吃麵粉的歲月中長大……

父親早慧，十四歲上省一中（南屯區唯一考上者），後雖因「一中事件」（中日政治事件）未克畢業，但書生氣質蓋過商人習氣，所以幾乎在我求學中、教書生涯裡，很少人知道我是「生意人之女」；我們家的子女、姪、孫輩……也都愛書香味，我想和父親的儒商氣質有關，感謝這樣一個在商場縱橫、出入酒家（當時做生意一定要的場所）卻出淤泥而不染的父親，直到九十五歲謝世，他的孫子女、曾孫子女……有無數個在海內外成爲醫生、律師、博、碩士的，他留給我們的，除了遺產、更多的是遺惠，而這所有的美好，都來自於養大我們的麵粉公司——大豐，雙燕牌麵粉。

「欣榮團結、踏實穩健」的經營理念，一步一腳印走來已有七十年。

今天，我們在現址（東光園路）的工廠、公司內替它慶生，並為新購的另一家「國興麵粉廠」啟用大典，董事長何澄祥（也是聯姻親家）、大豐副董事長林賢三（我三哥）、國興總經理陳坤鈿等都在現場招待與會外賓，以精美茶點和歌舞表演饗客……

前市長胡志強、現任盧秀燕市長都撥冗前來祝賀，他們都是何董、林副董舊識，許大豐下一個充滿希望的七十年！

創業惟艱、守成不易，但一粒麥子若不犧牲，落土成種子，就仍只是一粒麥子，連串成項鍊都不夠……而許多的麥子，可以製成麵粉，成為戰後貧窮老百姓的果腹之糧；進而養大一個食指浩繁的家庭，看到父親創業時簡陋充滿粉塵的麵粉廠，他開創之始，定也咬緊牙根很努力吧。

後代繼承他事業的子孫，要勇敢接下這個棒子，除了營生，還該肩負良心食品的社會責任。

我望著大大的「雙燕牌」字跡～想起古詩：

「落花人獨立，微雨燕雙飛」，雨中雙燕似乎已飛出它的一片天了。

七十歲穩健不踰矩……大豐，生日快樂！

旅行三個月回來《我願意爲妳朗讀》……

十一月二十日

前言：
你說
我們是彼此的書伴
所以你願意
用比思念還長的時間
等候我的返回
因爲
這樣的惜情
只有我可以
而你也願意
就讓我們當一生的書伴

正文：

蘭馨讀書會的會友雖不多，但因爲從創會我就以引導者的角色投入，所以自有一份特別的感情，永遠記得最初始的美好，現在慢慢放手，她們也開始走出自己的一條路，好欣慰！

今天美華導讀二〇〇〇年在台灣有譯本的《我願意爲妳朗讀》（一九九五年原作出版，作者徐林克），佐以原作改編的電影《爲愛朗讀》片段，讓與會者沉浸在十五歲少年麥克和長他二十一歲女子韓娜的戀情中。兩人在一起，除了做愛，韓娜喜歡麥克爲她朗讀文學作品，牽引出韓娜不可告人的祕密和羞恥（韓娜其實是個文盲）……後來韓娜不告而別，多年後，青年的麥克在法庭上偶遇韓娜，她在被告席上，徒勞地爲自己辯護，卻抵擋不了同儕的惡意卸責……和命運的折磨，終成爲納粹警察的幫兇，被判無期徒刑，其實，麥克是可以救她（因麥克知道她不會寫字，怎會在關鍵證據的書信上簽名？）但麥克卻因怕曝光他倆這段見不得人的戀情，怯弱不前，無法伸張正義，最後只以不斷寄上朗誦的錄音帶，作爲贖罪的工具；而在獄中的韓娜，也因一卷一卷的錄音帶，萌生看書、認字的念頭，韓娜終於學會寫字、寫信……但再也回不去的感情，終讓髮蒼老嫗的韓娜走上自盡之路……

可是步入中年的麥克此刻方曉悟：儘管他蓄意逃避，卻永遠擺脫不了那段跟韓娜的過去（導致自身的離婚、與女兒的隔閡……）；正如必須爲戰禍負責的德國，儘管全國上下同聲譴責納粹的不義，也推卸不了那段殘暴屠殺的歷史責任，這是作者——柏林大學法律教授徐林克藉大時代小故事，對納粹暴行所做的一種控訴。

我分享〈單車春日出遊的意義〉：書中或電影裡，肉體的耽溺、朗讀的神往、以及單車出遊的場景，就是麥克、韓娜他們戀愛過程的主要章節。

肉體歡愉和朗讀記趣，都只能窩在小房間裡，由男女雙方單獨享用，單車春日出遊，多了人與自然的對話，也多了與其他人的互動感情，一旦不再是小兩口閉門獨處的小小世界，人生的複雜度很容易就讓一切變了質，（由看不懂菜單、到埋單時老闆娘稱他們是母子起，洩露了韓娜是文盲的祕密……）

這正是《爲愛朗讀》的埋線，從小處著手，就有四兩搏千斤的力道所在～

所有的不倫之戀不都如此？只要見光，便破滅……

餘音：

你有不可告人的羞恥、祕密嗎？你會付出多少代價去掩蓋？

這本書，留給我們無限省思的空間，雖我早在十年前（二〇〇九年十月五日）導讀過它，但重溫之際，依然心旌搖動，感慨良多……

#參加十一月蘭馨讀會會例會有感

又見普吉島

十一月二十二日

這兒的普吉島不在泰國而在彰化市。
來過四、五次——喜歡美麗熱情、來自緬甸總是笑容可掬的老闆娘；
喜歡道地酸甜辣滋味豐富的泰國佳餚；
喜歡帶領我們在普吉島酣飲暢談的蕭主任團長，
讓我們賓主盡歡、自在快樂！
天上星繁、地上人多～交會時互放的亮光，一閃即逝！
但某些的情緣卻可以延長至別離後，甚至成爲一生的朋友圈，基本上，必須有個肯加炭升溫的領導中心，加上願拉著等距半徑繞行的朋友們，方能共畫出一個美麗的圓。

今晚，蕭團長作東，讓我們再次來到普吉島餐廳，畫一個溫馨的圓。

民國九十年三月末四月初，我與蕭主任、昇樺老師曾帶著明道二十多個老師去湖北旅遊，因我之前認識徐台辦，替我們安排了中國文化之旅及長江三峽的壯遊，探荊州古城、諸葛廬、也登上黃鶴樓，欣賞「晴川歷歷漢陽樹、芳草萋萋鸚鵡洲」之景……

從此我們忘不了「醉臥白雲邊」共譜的往事！

當時，我推蕭主任當團長；他卻認爲我才是眞團長，許是這緣故，回來後，頂有趣的，他叫我團長，我也稱他團長，反正封爵不加祿，兩個團長不嫌多。

去美加三個月，他們好久不見我，蕭團長召集明道老同事們餐敘，說替我接風洗塵……實不敢當，只能說：

感子故意長，謝謝團長，回家的感覺眞好！

爸爸的徒子徒孫們……

十一月二十六日午餐

樹大分枝，開枝散葉，子孫綿延、五世其昌，我想：正是先父名字「樹枝」最貼切的詮釋吧！

父親生前愛熱鬧，常在特別的日子：生日、母親節、父親節、初二、有親人從國外返台時，集合這些徒子徒孫們聚餐，餐敍多則四、五桌，少則一、兩桌，後來，越來越多的曾孫出現，連名字都記不清了。

有一次，大年初二回娘家，擺了五桌，大家還拿著麥克風介紹自家晚輩的名字……說來這樣枝繁葉茂的家庭還如此重視團聚，眞不多見。

每次聚會時，父親總喜歡大家合唱〈甜蜜的家庭〉、〈感恩的心〉做爲結束的片尾曲，並來個全家大合照，從此，這樣的餐敍像林家薪傳的基因，身體裡不知不覺流動著樂觀、歡笑的血脈，我們從敍天倫之樂中找到無比堅強的向心力。

十一月二十日晚餐是西雅圖的侄兒宗民夫婦在与玥樓請客，介紹他們女兒Gloria的美籍丈夫及兩個可愛的孩子Nathan、Adam與大家熟識。算起來，Gloria是父親的曾孫女，那麼她的兩個兒子是父親的玄孫了……這次宗民帶他們回台，是爲慶岳母百歲生日，另外讓他們到林氏宗廟祭拜祖先，有飲水思源之意……

今天（十一月二十六日）中午是舊金山三姪女惠容和夫婿賢哲作東請客。我們笑稱宗民跟她都是反賓爲主，她說：不好意思，以前每次回來都你們請客……這次我們請！

他們帶著剛當完住院醫生的女兒久久去吳哥窟旅行，剛回到台灣。

正好康州五姪女春滿的兒子——矽谷工程師傑漢和女友也到台灣、日本旅遊，就這樣，我們又是熱鬧滾滾的一次家聚，他們也準備餐後到林氏宗廟祭拜他們的祖父、曾祖父……

孔子說：「祭如在，祭神如神在……」（當我們祭祖宗的時候要以「如在」目前相對的誠心，猶如祖宗尚在面前一樣的誠敬……）當然，亡者已矣，有無靈魂不可知，但當先父這些徒孫、曾孫、玄孫去林氏宗廟時，以父親的個性，一定會頷首微笑吧！去時，記得在心裡輕輕地唱起：

感恩的心 感謝有你 伴我一生 讓我有勇氣做我自己

感恩的心 感謝命運 花開花落 我一樣會珍惜

愛．生活．學習的成長路：祝福三個射手座孫子生日快樂

十一月二十六日

長大就是不斷在生活中學習愛的過程……

上天厚愛，給了我三個在感恩節前後出生的孫子——二〇〇八年感恩節、二〇一〇年感恩節前一天、二〇一四年感恩節後第七天，迎你們以愛和希望，從此我們的生活充滿了陽光和滿滿的感恩……

剛從丹佛回來，今夏和外孫Howard紮紮實實生活了兩個多月，發現美國成長的孩子，在生活中仍充滿了挑戰，若要在競爭群中出類拔萃，不斷學習是不二法門。

上資優小學要經教育單位選拔；參加校內奧林匹克數學訓練營，每星期五要提早一小時到校；參加管樂隊練習，每星期二、四天未亮就出門……誰說在美國受教育比較輕鬆？惟一不同的是：他們的孩子探討性向發展的機會多、周遭的各種活動資源豐富、環境優良，只要肯學習，廣大的球場、草地、游泳池任翱翔；想探索，寬敞的圖書館、博物館、美術館可滿足求知欲，但卻有不少的不良誘惑在吸引著青少年的好奇心，所以，滿十一歲的Howard，正邁向他的少年期，少年Howard，我知你忙著學習、忙著學習如何生活，如何去愛，這是你結束小學生涯的最後一年（美國小學五

年，初中四年、高中三年）希望你用你的睿智去克服成長路上的苦澀，享受長大的喜悅！

林口的兩個孫子：九歲的E寶和五歲的N寶，因爲在成長的路上有伴同行，快樂加分！

但是，你們生在更競爭的亞洲環境裡，特別忙碌！每次來，雖是假日，Ethan仍有寫不完的功課、做不完的練習——拉小提琴、彈鋼琴、上寫作班（我是作文老師，卻遠水救不了近火）、學游泳……愛玩是孩子天性，看到你有時也會抗拒功課加給的壓力，但這絕對是成長中要學習的抗壓能力，我們和你爸媽不也都是這樣長大的嗎？

只有五歲的N寶，整天笑嘻嘻，仍自在地揮霍他天眞無邪的童年……誰願意長大？

但誰又能阻止花不謝、日不落？

也許有一天，他們驀然回首，會發現成長的路其實只是不斷學習的路，還好因有愛的陪伴，讓他們忘記辛苦，迎接更強大的自己。

今晚，在林口莞固和食替他們兄弟慶生。二十六日是E寶、明天就是丹佛Howard哥哥的生日，我們遙祝他生日快樂！

愛，讓大家的心緊緊相依……

窒息之愛：城市之吻

十一月三十日

離開我愛的城市才三個月，再回來，它依然吻我、愛我，我卻無法再愛它。

剛到家，感覺周遭充滿了一種叫PM2.5的微塵，在我的鼻翼、然後竄入我的氣管、直達肺部，充滿肺葉，我用力想驅趕它，它卻死纏爛打、鬱結成吐不出的一口氣，開始有呼吸困難的感覺。

顧不得旅途勞頓未卸，把所有沙發布套、棉布窗簾、被套……有可能潛在塵蟎的東西全放入洗衣機，並在十一月秋陽下曝曬……拿著吸塵器到處殲滅可能扼制我喉嚨的敵人，自以爲是替將蕪家園的一種贖罪。哪知，躺在清淨無比的床單上，依然睡不著，喉嚨癢得像有螞蟻沿氣管壁上爬，然後到了鼻子……化作一聲聲噴嚏，翻來覆去睡不著，起來吃抗過敏的藥，方悠悠睡去，安渡沉沉之夜，天已曙……

開始戴口罩，做氣功的公園，仍有一陣陣呼嘯而過的汽車、機車……拿二氧化碳餵養我；雜遝市場裡有飲食店抽油煙機排的廢氣侵入我……往天空看去，是灰濛濛一片（尤其是十一月中旬東北季風來時，空污特別嚴重）不得不懷念起那在丹佛、溫哥華（二〇一九正好都入選世界最適合人居的十大城市）看到的藍天白雲，——人永遠不知道「空氣」的可貴，直到失去它。

台中是我生於斯、長於斯、終老於斯的地方……

但它不愛我！每天感受那五根燃煤（你相信有好煤嗎？）的煙囪就像撫摸我的五根指頭，日日夜夜觸碰著我，一寸一寸伸向我的喉嚨吻著我、壓住我的心口，讓我窒息不能呼吸了，它卻說愛我——愛到死也要愛！

和醫生在他的診所罵當政者不仁，以人民爲芻狗，肉食者鄙……當他診斷出我完全是空污造成的氣管過敏；他說PM2.5不只會引起氣管發炎、肺腺癌，也會侵犯其他器官造成腎衰竭，這個正義的醫生說：以前不會，現在每天起床，打開高樓窗戶，只能看到一片灰濛濛的天空！

我一向不愛在FB談政治，但是當我快窒息了，無法呼吸時，我眞的只能說：

誰來救我？還我一個乾淨的城市！

畢竟美好是別人的故鄉，非吾土，我不會移民，只希望

不要以台中人的肺發電！

#回台後聽聞一位退休同仁，早年常和我同搭一部校車的王小姐，死於肺腺癌，

慟之！念之！

初冬陽光下：三餘會友的出遊

十二月三日

昨天風好大，吹落不少仍繾綣在枝頭不肯離去的枯葉，掃滿院葉子後，心想：如果明天還是這樣讓首如飛蓬的氣候，適合出遊嗎？

實在不敢相信自己眞是「晴天寶寶」——十月二十五日到十一月五日在溫哥華的十天，打破從一九五四年來溫哥華十月底～十一月雨季，連續十天晴天的記錄，等到我離開，聽朋友說天開始哭泣，雨落不停，我眞不捨滿地繽紛落葉染污泥的景象，難怪黛玉要葬花：花謝花飛飛滿天，紅消香斷有誰憐？

一覺醒來，空氣中有著冬季的冷度，但風停日出，這不是爬山的好日子嗎？我又當了一次晴天寶寶！

好久沒成群結隊了，直到在日光溫泉見到各色紛紅駭綠的她們，一時心裡熱鬧起來，三個女人已成一市場，你想八個女人會不會成一個戰場？

麻雀吱吱喳喳叫醒初冬的太陽，陽光開始讓我們脫去外套、羽絨衣、背心……她們一個個又都變成春蝶款款飛，有人已轉過彎，話語聲漸稀，終看不到影子，我不忍嬌弱的姑姑（會友芝嘉）落後，只好派唯一男士（我先生）去護駕，這時，姑姑已氣喘如牛，明蘭回頭過來替她推行李袋，我和先生則攙扶她，一步一步慢慢行，未到壽天宮，前面會友打手機來關注，我叫她們儘管爬上山，別管我們了，事實上，姑姑能走這一段，已讓我們佩服了，最後雖半路折回餐廳休息，也算是乘興而去、興盡而返了！

在「新月傳奇」用餐，座中，我們談星座、談婚姻路、談讀書會點點滴滴……這時，你一言我一語，越來越興奮，耳朵忙著聆聽，這餐我幾乎忘了食物的滋味，因爲更吸引我的是她的～關於前夫的故事！女人之所以會長壽的原因是：懂得適時傾吐心中的塊壘，然後在大家的喝采鼓勵聲中，繼續昂首向前走，對今天唯一的男士～我的先生，聽這樣裸露男人眞面目的故事，應該也是一次的震撼教育吧！

黃昏行至周先生的庭園，冬陽餘暉溫暖了我們的身、心，兩個初次來的敏如、清美驚豔不已；姑姑則說她三年沒來了，要抱抱庭華（女主人）；我們常常來的，仍歡喜地分享不同春夏秋的景色，和七里香百年老樹合影、看紅色討喜的積水鳳梨、和仍殘留有浪漫紫的萬代蘭……

只是周先生的外孫已送回高雄女兒家，開始上學了，想念之前來時，他可愛的身影，牽著我們去摘滿樹累累樹葡萄的溫馨鏡頭。

時光終究向晚，又一次告別周家庭園，但假如冬天到了，春天還會遠嗎？

相約紫藤花開時再相聚。

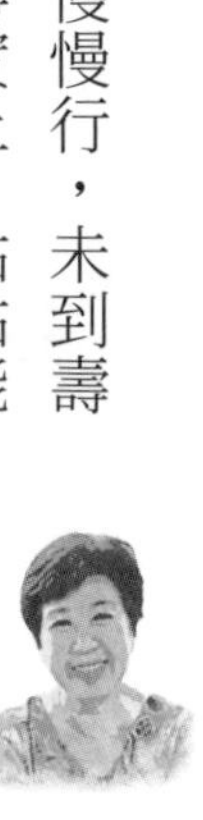

寒雨作客，醉茶的滋味

十二月五日

晴耕雨讀——晴天屬於戶外；雨天適於蝸居。

但這個寒雨的日子，我們仍興致沖沖外出，趕赴一場茶宴。

讀書會會友淑娟臨時起意，約我們夫婦去她處長家品茶，這季冬突降的溫度，讓我想起白居易問劉十九的詩句：

綠蟻新醅酒，紅泥小火爐。

晚來天欲雪，能飲一杯無？

我知淑娟酒量不好，絕不是找我喝酒，雖這樣的日子，適合溫一壺酒取暖……

但，我們以茶當酒。淑琴處長有個漂亮的女兒稜容，早已把她的茶具、茶葉準備好，很專業地介紹我們認識各種茶，她說今天讓我們喝白、綠、紅、黑……茶，我想起有一句話說：「年有四季，天有四時，喝茶有益，喝茶有異。一年春喝綠茶，夏飲紅茶，秋冬黑茶；一天當中上午綠茶，下午紅茶，晚上黑茶，健康相隨。茶者，今年二十，明年十八。」

莫非今天我們就要嚐盡春、夏、秋、冬四季滋味？返老回童？

其實，我天天喝咖啡，倒是少飲茶。只要喝了茶的那一天，夜裡會輾轉反側睡不著覺。而我今天喝了幾種茶？總共十種呢！紅、綠、白、黑、普洱、大紅袍、日本玄米……簡直是族繁不及備載呢！

但見稜容小姐的纖纖玉手取一撮茶葉，以沸騰的開水倒入白瓷碗裡，打開杯蓋，一縷縷白色的水霧從杯口裡裊裊升起。然後，杯底一瓣一瓣嫩綠的茶葉在水中綻放，舒展，輕盈浮游，溫度正好，美麗的指尖握住杯沿，茶水慢慢斟滿每個小杯，一室的靜雅清幽，一口的茶湯在口中迴旋，頓覺口鼻生香、滿室生香……

——茶香中，一顆心慢慢沉靜下來。我們聊生活的故事、生命的本質，淑娟、淑琴處長、女兒稜容都在龍巖工作，她們對生死的洞澈、對生命的尊重勝過一般人，她們的愛心陪伴，讓多少惶恐的眼神鎮定、讓多少悲傷的淚水止流，事實上，她們看到的是：

人一走，茶就涼，是自然規律；人沒走，茶就涼，也是世態炎涼。

看多了，她們淡定，但她們不減對人們的愛，令我敬佩。

正是：一杯茶裡看盡人生，故事，總在茶餘飯後被流轉……

今夜，我肯定醉茶，一日看盡洛陽花；一日喝進各色茶！

跟著老黑去旅行，今夜我們很瘋狂……

十二月九日

烏日高鐵站的下午六點三十五分，我在1B出口看到他，好像兩人都沒什麼躊躇，握手的溫度，便把時間從八月一日過渡到十二月九日……熟悉的感覺回來了，讀書，眞好！電視上的採訪影片，更好！現在只覺他不止和我對話過一次，連他在街頭彈吉他、唱西洋歌曲的聲音都響在耳畔……

用手機告訴三餘會友：「接到老黑了，大概十分鐘後便到明道中學！」傳來興奮的聲音：「別直接進會場喔，我們準備了迎賓禮，你們從校園的文學大道走進來……」就在行道暈黃的街燈下，幾個三餘美女亢奮叫著：歡迎老黑、老黑、老黑……然後有人替他套花圈、有人幫他戴上西部帽……就在燈桿垂掛「大師到明道」的布幡下，留下燈光不足的一張夏威夷迎賓相片。老黑笑嘻嘻地接受小了一號的帽子、圍了兩個各色紙串的花圈，一點也沒拒絕或遲疑，感受到他有走遍世界的胸襟，是個親和力很強的男子。

演講開始，我的開場白如下：

老黑先生、親愛的三餘會友、蘭馨會友、明道師生以及所有與會的嘉賓們，大家晚安！

不知你聽過這句話嗎？「要嘛身體、要嘛靈魂，總有一個在路上……」這是說：旅行和讀書對人生的重要，今天你的身體和靈魂都在路上，因爲你來參加的是三餘讀書會十二月的例會，參與了一場有關郵輪之旅的講座，眞是有福之人。其次是，三餘讀書會每月的例會是在校內的領航教室，只能容納五十人，因聽說老黑要來，不得了，慕名而來的人很多，因著我以前的一個學生也是明道訓育組長陳明群，借給我們這樣寬敞舒適可容一百四十人的演講廳，我感謝他，教到他眞好。

人生眞的充滿了許多的奇蹟、意外，彷彿一切都是事先準備好似的。

二〇一九年十二個月的閱讀書目，我們早在年初就決定了，我被安排的正是老黑的這本《懶人大旅行》，事實上，之前，我在電視的採訪節目中就認識這個人，他的這本書我也很快就閱讀了，很喜歡。

哪知在幾個月前，也就是八月一日，我和先生去長榮桂冠聽理財演講，上半場結束，下半場要開始了，驀然回首，那人正在燈火闌珊處，他們請的不就是郵輪旅行家老黑嗎？我顧不得陌不陌生，一個箭步跟上他，人家不是說：女追男隔層紗嗎？果眞，他很快地被我追到了！並馬上答應我十二月到明道來，爲了怕他跑掉，我還拍照爲證呢！當時，我在心裡大呼：謝謝你！你好帥。這個帥，不只是外型的挺拔，還包括個性的豪爽豁達，當我問他有關演講費的事，他很貼心地說：我的演講費不便宜

喔！但你不要擔心，你們是教育團體，無所謂……就這樣，他來了！

你說他帥不帥？（請給他熱烈的掌聲）

現在，在你眼前的這個帥男人老黑，本名叫田臨斌，師大附中、成功大學畢業，之前是殼牌石油公司的CEO，工作二十二年後，選擇在四十五歲退休，開始享受他下半場的人生，退休後，已環遊世界兩次，足跡遍及全球各地，並將遊記出書分享讀者，目前爲止寫過六本書。

如果你在高雄街頭、在愛河邊，發現一個彈著吉他、唱著西洋歌曲、愜意過生活，一頭濃密黑髮、結實高大身材、約五十多歲男子，沒錯，就是他老黑。曾是外商石油的大中華總經理。在事業巔峰之時，選擇退休，四十五歲是個分水嶺，之前，工作和業績是他生活的全部；現在，熱愛用旅行的足跡紀錄人生，過著完全屬於自己的後半場，他說他不是大富翁，但錢有多少才夠呢？因人而異，他有他的理財觀，加上他有個能陪他到天涯海角旅行的好旅伴——擅長替他的書作插畫的太太，我欣賞他太太說的那句話：「人生經歷大於物質擁有」，這也是鼓勵老黑不斷旅行的動力。

的確，所有的物質：名牌包……等等，都是虛幻的；只有在旅行中儲備的人生智慧，放在頭殼裡的，才眞正屬於你，錢的價值，因人而異。跟著老黑去旅行，教會我們的不只是旅遊，肯定還有許多的人生智慧，現在我們歡迎老黑——

爲什麼我們喜歡《懶人大旅行》？老黑如是說～

十二月九日

「你們有人搭過郵輪環遊世界嗎？」這是開場白，會場沒人舉手。

「請問想搭郵輪環遊世界的有多少？」幾乎都舉手了，那麼比率有多少？（從70%、80%……50%都有人回答）答案是90%，那達到的人有多少？～只有1%！

迷思：年輕，沒錢；壯年，沒時間；老年，沒健康。

大多數的人認爲：搭郵輪是有錢有閒人的專利，事實不然，那要看你如何買到便宜票，早鳥或最後促銷都可省很多，而且以遊玩覆蓋面來看較陸地旅行便宜。

於是老黑列出郵輪之旅的優缺點：

優點：

✓輕鬆方便（不必攜笨重行李、頻繁地Check in、Check out……）

✓適合各年齡層（適合老年人，連父母帶小孩都不必怕走失，有人會幫你送回……）

✓娛樂設施（打球、游泳、健身、博弈、星光電影院、現場歌舞秀……）

✓教育學習（有各種知性演講或教打毛線、賭博、烤牛排……許多課程）

✓觸角深遠（所及幅員廣大，許多陸地旅行到不了的地方，郵輪可到……）
✓費用（同樣玩一百零五天，輪船比較便宜）
缺點：
✓走「船」看花（的確無法深入，下船只能一天旅遊，或一個國家玩三處景點）
✓無聊？（因人而異，有人覺得有趣、有人無聊……）
✓食物不合？（因人而異，但長久天數會吃膩，下船可換口味，或自帶泡麵……）
✓語言不通？（會英文當然好，但不會英文也可存活，微笑是最好的語言）
✓暈船？（第一天難過，放輕鬆，兩三天就OK，久了反而下陸地有暈的感覺……）
總結：語言不通和暈船都不是問題，只是自己找到不搭郵輪的藉口。
然後我們就跟著老黑環遊世界了，先到雪梨搭Sea Princess（海洋公主號出發），經過五大洲
七大洋：太平洋，印度洋，紅海，地中海，大西洋，波羅地海，加勒比海
蘇伊士運河，巴拿馬運河
兩度通過赤道
換時差二十多次

通過國際換日線……

共一百零五天，在老黑流暢幽默的語言表達、生動活潑的肢體表演下，我們的情緒隨他起舞、亦喜亦憂，假牙掉了，下船找小鎮老醫師；體驗澳洲工作爲生活；新加坡是Fine City；亞洲人賺錢至上；印度安貧樂道；埃及卻怨氣沖天；杜拜再也找不到古典的東西是世界的暴發戶；約旦佩符拉古城就是拍法櫃奇兵的場景；世界最可以去的是義大利羅馬，但太擁擠，去了一次就夠了……土耳其好美！希臘人好樂觀，愛爾蘭有音樂和啤酒，但人不漂亮，……西班牙允文允武；葡萄牙徐娘半老；荷蘭有衆多鐵馬與美麗花卉；南歐是沒落貴族；西歐呈現的是活力時尚；北歐是大同世界；美國則是：「Work Hard, Play Hard」（台灣只做到前半部）。

最後老黑介紹郵輪經過鬼斧神工的巴拿馬運河（第八大奇蹟）感受到震撼、驚喜，回到欣賞紐西蘭人的生活「奢華」（不是物質，而是精神的享受，與家人共度的運動、娛樂時光……）稅高、口袋錢不多，卻樂活，讓人最想移民的地方。

……我們終於繞回雪梨，世界是圓的，結束精彩的一百零五天（卻有消失的一天，他的八月二十四日，因換日線的關係。）

旅行對年輕人來說是教育；對年長的是經歷，其實：

旅行是換個地方過生活；不止吃喝玩樂；也是好奇心的探索，求知欲的滿足。

旅行之後，發現世界很大，行萬里路可以開闊心胸；同時發現：

世界很小，只要跨出舒適區，多使用共同語言，可達到大同之境。
其實不是最有錢、最有時間和健康的人能實現郵輪之夢，答案是：最想去的人！
你說是嗎？
隨著老黑的旅行路線，我們很快地在一個半小時走完世界一周，雖蜻蜓點水，但彷彿閱讀了世界這一本大書；
而之前，沒聽他演講時，我們卻在他的這本《懶人大旅行》的書中，也走了一趟郵輪之旅，享受神遊之樂……
旅行和閱讀，身體和靈魂，我們一起上路了！

#老黑千里迢迢從高雄過來的一番盛情，三餘讀書會感謝你。

愛你愛你：我在二〇二〇將帶領三餘讀書會，走上最美麗的第22年

十二月十四日

雖然我不是在三餘讀書會創會開始便加入，但從教師生涯退休之二〇〇七年起，到現在，也過了十二年。推算在唸了一百四十四本書後的我，應當從書的智慧裡成長不少，感謝各種類型的書，充實我的內心世界；但更大的感謝，來自與會友們每個交流心得的夜晚，從你們身上，我學習到人生的處世哲學，補足自己缺失的那一塊，屬於社會學的那一塊。

我的教書生涯快樂、平順，一直與單純的學生相處；後二十四年，我又是躲在小辦公室擔任《明道文藝》的編輯，歲月無驚悄悄過，日日我汲取文學養料，閉鎖在風花雪月的世界裡，幸運地躲過驚滔駭浪的人事糾葛，從好的方面來看，我是關在象牙塔裡的女人，也許心裡永遠住著長不大的女孩，單純直白、不知民間疾苦；從壞的方面來看，我少的是社會化的成熟，這就是我屢次推掉當「會長」一行政職的最大原因，我寧可默默做事，不斷付出，也許成功不必在我，但當你需要我的時候，我會在你身邊協助你！

讀書會二十週年時，感謝秀英、秀蕙扛下會長、執行長之職，當然我也有個人當時無法勝任會長的因素，如今兩年過去了，我永遠記得創會長說的：「當會長不是一種權勢位子，而是每個會員都該盡的義務，你來那麼久，也該替大家服務一下……」若說盡一點義務，我真的問心無愧，每月例會後，一定PO文、PO相片，除非出國，絕不輕易缺席，盡量在導讀、指定分享或自由分享時充分準備，做到「知無不言，言無不盡」。相信我一直是在替三餘散播「閱讀」的種子，希望我們是種福田、傳智慧的讀書會，讓三餘的知名度擴展出去。

終於，在此刻，我責無旁貸扛起擔任會長的職務，很巧是兩個二〇連起來的二〇二〇年，我應該要比二十屆會長再付出一倍的努力，而二〇二〇，諧音是「愛你愛你」第一個愛指「書」，第二個愛便是指「會友」——你們，我會愛書、愛你們……直到永遠，「二十二」屆，不就是「愛愛」愛不完嗎？……好吧！就愛你們到一萬年。

期待，你們也愛我！大家攜手合作，共同邁向「愛你愛你」三餘最美的一年！

會長　林淑如

願意替你煮一碗拉麵

十二月十六日

三十歲，結婚之後才開始煮麵。

她是個漂亮的女孩，嬌小苗條、大眼睛、翹睫毛，永遠露著她招牌甜美的笑容，看起來本就不像快三十歲了，雖工作忙碌，但回到家，總能吃到母親親手做的飯菜，讓她像城堡裡被護衛著的公主……直到遇見他——也是職場忙人的另一半，談了一年送玫瑰、吃不少浪漫氛圍的西餐之後，步入禮堂，不久，白紗禮服、紅色地毯漸漸幻化成模糊的夢境。每天朝九晚五，不！有時還加班到晚九，來不及吃的晚餐，就順裡成章變消夜，她爲他端來一碗熱騰騰的拉麵，外面細雨霏霏，但暈黃燈下，他們是快樂的雙飛燕……

四十歲，她變巧婦了，魔術般的煮出四碗特好的拉麵。

即使只是素白的麵條，在她添油加醋、擺肉放蝦、外加一個魚丸，頓時色香味俱全，純熟的廚藝，顧好了她先生和兩個孩子的胃。每次全家圍坐燈下，吃得簌簌作響的四碗拉麵，永遠有一種幸福的感覺。總想起，全家大小第一次去日本京都旅行，兩個孩子走到疲累、飢餓交加時，遇見拉麵的那種驚喜！而她的拉麵去除日本過鹹的缺

點，吃來更爲可口，媽媽口味的拉麵，是全家人的最愛……

五十歲，她開始等待有煮麵的機會。

兩個孩子都早出晚歸，忙著聯考前的衝刺，下了課、上補習班；升上經理的先生則忙著應酬喝酒，回到家，孩子繼續閉門苦讀（或許玩手機吧！）先生累得像一隻軟趴趴的狗，攤在沙發上，那個英才勃發的年輕人到哪裡去了？那頭濃密的髮絲呢？只有越來越有分量的肚子，成就他的中廣身材，怕有一天，彎身綁不到鞋帶呢！終於，等到假日了，吃膩山珍海味、肥滋滋的外食之後，他們都歸隊了！

老婆！媽媽！好想念妳煮的拉麵，來一碗。飛累的燕子找到他們最美的燕窩……

六十歲，兩人世界裡的一碗麵。

孩子都北上念大學了，家，頓時又回到兩人的世界，安靜卻有些寂寞。

他和她都退休了，日子單純得只剩下遊山玩水、運動看書和吃飯。

兩個人的飯菜難煮，有時，一碗麵可以打發一餐，這時，麵已經少油少鹽、更加清淡，但一定打個蛋、加大把的青菜，漸漸失去可以消化大魚大肉的胃，血液也變濃稠流不動了，她知道，只有這樣的一碗麵，他才會喜歡。晚年惟好靜，專心念佛修心，沒吃齋已不錯，但他敬謝生猛海鮮、血淋紅肉……還是喜歡他從年輕吃到老的一碗拉麵，平淡就是幸福。

七十歲，有時煮更多碗拉麵！

奇怪吧，一人一碗麵，足以安頓她和他的老年食慾。但子女都成家了，雖不住在一起，假日回來看她和他時，可是一群乳燕歸巢呢！她在廚房忙時，媳婦、女兒想插手幫忙，都被她婉拒了，煮麵我最在行！你們把孩子看好……

寶刀未老，一高興連十碗麵都煮得出來，她看到一群大大小小的燕子歸巢，心裡可樂，當年微雨中的雙飛燕，終於在天際飛成一支雄壯的隊伍……好美，她笑了！

#會長交接當天，我送會友自家生產的雙燕牌拉麵，她們在群組回饋我美麗的照片，年齡層遍布三十至六十間，加上自己七十，於是靈感來了，突發奇想，寫了這一篇極短篇，故事純屬虛構，也非廣告。

每一本好書都值得

十二月十八日

在回答邱志忠FB友問到：

「今年（應指二〇一九）貴會有共同覺得最值得的書？」時，

我的答覆如下：

三餘共讀每一本書都會有共讀時擦出的火花，容許火花在個人心裡綻放的大小光芒，但只要和大家共讀，都是充滿喜樂。當然借益品書屋優雅環境氛圍，更讓那本不容易進入的書～《試刊號》發光；而羅布森書蟲房討論的《大海之眼》，請來原住民作者夏曼．藍波安，帶來的熱情海洋，波濤洶湧，震盪三個月依然不退；於明道領航教室讀隱地《帶走一個時代的人》，書友特北上拜訪隱地及他的爾雅書房，也認識他平易近人的夫人林貴真女士，迸發出的智慧交流，是書與人對話後留下的溫度，這些種種……都讓三餘一整年沉浸在書香裡，日子因而美好。

借答覆之際，讓我釋放下不少替三餘新年度（二〇二〇）選書的壓力。

昨天是有始以來參與選書會友人數最少的一次，體會到現代人真的很忙！原說好要來的會友缺了四、五人，突然想到一句話：「悠閒出文化」～真希望大家行腳放慢些；我自己也常在世界瀰漫焦躁不安的氣息下迷失，這時，讓我急於跳出枷鎖的惟一方法是：坐下來安靜看書。

替自己找到安靜在誠品書店選書、看書的兩個多小時～

之前我們悠閒的早午餐也值得一提。和會友凌健、淑娟在「The OZ」——入門前的花台，圍繞著沐浴在冬陽下的矮牽牛，絢麗可愛；屋內流淌著靜謐的因子，送來的餐點賞心悅目——滿盤各色蔬果沙拉中隱藏著金黃鮭魚片、紫色米飯，近午時分，喧鬧我們的竟是食物的奼紫嫣紅。

另一個色彩來自周遭櫃櫥裡排得滿滿的書，我們正在誠品書店內選書。

四壁圖書中有我～

我站在誠品書店的中心，望向浩瀚的書海，宣告：我們只能從書海裡撈起十顆珍珠，（明年一、二月已選）難度是不是太高？

還好會友有推薦、網路上開卷有益的好書、金石堂、博客來……入選的年度好書、經典書、暢銷書，上窮碧落下黃泉，但我們只要十本！

努力了兩個多小時，選上的一定是我們青睞的好書，失之交臂的，絕對是遺珠之愛。功課做完，在十本書之前留下我們三人的合影。這次有——本土作家的書，有俄羅斯、日本、美國、英國作家的作品，樂見會友們展卷時的驚喜。

但是，擦邊球落選的好書，別嘆息，我私下還會和你聯絡喔！

其實我希望的是：再怎麼難進入或你以爲深奧的書，在大家的共讀之下，都會煥發出光采的～因爲每一本書都蘊積著寫書人的經驗和智慧，值得你慢慢體會。

三十八年才回到尋夢園：今天我是班花

十二月二十一日

是一群民國七十一年從明道初中畢業，以少年之姿向我揮手告別，

從此，他們的人生列車便駛向另一段學程、駛向就業、結婚、生子……一站一站，愈走愈快，直到這天，他們過了「知天命」的站牌，才驚覺鏡裡容顏改——

漸稀的是頭髮、漸增的是肚圍、不再明亮的是洞悉世情的眼。

原來，歲月的列車帶走的不只是他們的少年，也是我的青春。

他們是我第三輪導師班的學生——我在明道第九年接的班級。

那時，我三十出頭，女兒四歲、兒子二歲，我認為生過兒女的自己，已懂用父母之心去對待他們，不再摸索；積累的教學經驗，也幫著我順利帶他們渡過暴風雨的少年期。

當然，配合我的英數老師功不可沒，落如雨下的戒尺，曾經讓他們痛！痛徹心扉。

也是今天他們茶餘飯後最深刻的話題，慶幸的是他們以「人父之心」和當初的

「年少之心」和解，我知他們成熟了！

校園巡禮，他們既熟悉又陌生，離開三十八年，站在司令台前，他們對著整個書寫校歌的牆面，開始大聲唱起：「大勇生於大智，求智原爲求仁，不憂不惑不懼……」歌聲高昂、響徹雲霄，令我感動，他們從來沒忘記過十三到十五歲在這校園一唱再唱的旋律吧！或許比當年唱得更大聲，那應該是迴繞在心中千萬次想唱的歌～

只有明倫堂沒變，除了兩旁多了彩色窗；明誠樓的教室卻在九二一倒下時，埋葬了他們的少年夢；他們再也尋不到「明孝園」和以前的「童軍營」「怡然亭」……

「我又回到我的尋夢園／往日的夢依稀又出現／想要重溫失去的美夢／會不會好夢難圓？」

不會的，至少他們找到班上唯一的班花——我！

希望我會是他們圓夢的一員……

#他們告訴我：男女同班開同學會比較有動力，這班是和尚班，所以一隔三十八年才開始召開同學會，你覺得有道理嗎？

笑聲滿溢的冬至下午：我欣賞台灣最好笑的劇團演出

十二月二十二日

這是「豪哮排演」凶宅系列Ⅲ終菊之戰。

以前，沒上過戲劇課，對演劇的困難度並不了解，常對劇中演員做各種直覺性的評斷，直到前年，三餘上過郎老師的幾堂戲劇課，也實際參與戲劇表演、對白的演練，發現自己簡直是木頭人！聲情的抑揚頓挫、肢體的喜樂哀怒，都不在自己控制之中，傳達眞不容易啊，不禁對可以收放自如的演員更加佩服。

坐在台中歌劇院小劇場裡，欣賞媲美 美劇「六人行」、「生活大爆炸」的台式情境劇，眞的被五個年輕演員自然生動的表演藝術征服，整場的觀衆從頭笑到尾，這是絕對看得懂——也許只是青年次文化的東西，正如製作人黃建豪在開章明義時表達的：「你們也許覺得有些下流……」但後來，我發現的是年輕人的率眞、毫不掩飾的心理剖白，藉著劇情，把年輕人的失業、求職、男女情愛、生活、金錢……等等的問題，用詼諧的方式呈現，而不是自怨自艾、唉聲嘆氣，因此，我認爲藉著劇情的發展，和設計過的「諧音轉化」常會有谷底翻身、峰迴路轉的療癒的效果（笑果）。眞的可以在人生的谷底，讓你看見人性的光輝，所以說它是笑中帶淚的浪漫、爆笑詩篇

並不爲過！

看過之後，中老年人幾乎可以說一句：年輕人，我懂你！

生活何必那麼嚴肅，有時四兩撥千金，笑談間，強虜煙飛灰滅；有時不妨行到水窮處，坐看雲起時。

故事內容是：訂閱數只有一人的YouTuber「崔簫」與夢想是獲得奧斯卡的萬年龍套演員「林馬豪」兩個年過三十的魯蛇，住在一棟鬧鬼的凶宅，的冒險故事。深入淺出，卻高潮迭起，其間幾乎沒有冷場，正如我前面表達的，能自然演出已屬不易，要在每一個轉折處引出笑聲，必在構思上絞盡腦汁，應驗「台上十分鐘，台下十年功」的古語。雖嘻笑怒罵，道理在其中，看熱鬧之後，但願你懂得看門道。

幾個年輕演員都是戲劇系科班畢業，像製作人建豪又幸運地擁有鼓勵他、也不吝在財力上支持他的父母～我的讀書會會友（也是明道學生的金鈴夫婦），相信可以幫助建豪和他的搭檔們，在舞台劇這條路上走得更順利，也期待他們下次找到更有深度的劇本，發揮他們幾年來積累的表演功力，創造更遼闊、更璀璨的舞台劇天空。

#製作人：黃建豪；#演員：黃建豪、蕭東意、張天倪、張語歡

我把二〇一九給了不可思議的神奇

十二月三十一日

歲末的最後一天，卻顧所來徑，不管踏過的是泥土或芳草，此刻，心海無波，一片平靜，充滿感恩。

一大早，去做十七式氣功的路上，發現像牛毛、像細絲的雨開始爬上臉。

等到了社區公園，場長看到人數不多、還有罩頂的陰霾，想要宣布停課之際，我們卻遲疑著不肯離去，等吧，天總會晴！

果真，雨沒來，漸歇～幸運始終離我不遠。

我想起十二月九日請到《懶人大旅行》的作者老黑（田臨斌）先生到我們明道三餘讀書會的演講，獲得滿座喝采，那是四個月前——八月一日偶然的邂逅時、他爽快答應我的邀約，那本是我要導讀的一本書，讓作者自己詮釋，這不是最佳的安排嗎？

想到十月二十五日到十一月五日在溫哥華停留的十個晴天（據溫哥華頭條新聞：大溫哥華的雨季基本從十月開始，但今年從十月二十五日到十一月八日，大溫地區一直沒降雨，是從一九五四年，同一季節以來，最長的晴天……那應是打破五十五年的紀錄吧！）

讓我整個度假期間，滿眼盡是楓的繽紛，從漫天伸展枝頭上的紅、黃、橘……到葉落鋪地的織錦地毯，在十天，它的美展現無遺。不管叢林中的一株紅，或滿山遍野深深淺淺的紅，楓因我來而點胭脂、畫腮紅，她寂寞守候了幾個日子，只爲迎來一顆懂她的心。深秋，爲她，我踩踏了多少迢迢之路，但每一步都值得。

想到十月上旬在女兒丹佛家等候Aspen（白楊樹）翻飛金幣的美景，（雖來科州有十二次之多，但常是夏末返台，因而錯過每個秋天）……這年的幸運，讓我在黃澄澄的白楊樹間穿梭，其實只有十天左右，白楊便轉褐、落地成泥，我怎知會在秋葉最美的期間遇見它，彷彿聽到它喃喃唸著：「如何讓你遇見我，在我最美麗的時刻，爲這，我已在佛前祈求了五百年……」難道樹與人也會有靈犀相通的緣？

我還想到八月三日在婕斯年會時，於一萬人的會場中抽中首獎——價值三十萬元勞力士錶的幸運；想到在五月一整個月上婕斯藍寶學院，八堂線上課（每三天上傳一堂課的筆記和三分鐘自述內容的視頻）加上月底當場視頻抽籤口試，結果以七十高齡榮獲第一名，並得補助機票於六月十一日到十四日到「傾城之戀」的香港，還好那時剛是香港動盪之始，除了班機延誤，並無大礙……

看到此，連我自己都訝異青鳥時時的眷顧，接著我還有奇異的恩典～

在丹佛和千里迢迢自佛州來的二姑、姑丈一起旅行，享天倫之樂；

在溫哥華機場認識斐濟女子Samima Rafiq，從此成FB友；

臉書粉絲kweimam Yang不遠千里，從亞歷桑納州到丹佛來看我；

於溫哥華：

遇見早年在明道擦身而過的同事徐老師夫婦，竟是學生如柏夫婦的親家；

與二、三十年失聯的望雲老師連上線；

與二〇一七年飛機上抱過的加、台混血兒小山再續前緣……

認識當地電視台主持新聞節目的Todd Ye；

還有台灣非凡電視台移民到當地的陳姓記者；

如柏先生Caan帶我參觀耶魯鎮和煤炭港……

在洛杉磯：

探訪剛移民美國的好友孟麗和張挽夫妻、和旅居多年的大學同學們開海外同學會……

想想國外旅行，居然占去我二〇一九年的一季（三個月），其他在國內的花、東之旅；清境、清流之旅……因爲我謹記這句話：一個人的衰老是從不旅行開始……其他的日子，我奉獻給了讀書、運動和與親、友、學生的聚會。

飛鳥飛去的地方叫藍天；

駿馬奔騰的地方叫草原；

我最想去的地方叫思念……

只要我思念的地方或人，我會勇於踏出那一步，走向它（他）。

所以，我的日子充滿「過動」的因子；我的春有百花、秋有月、夏有涼風、冬有雪，沒錯，再回首，無憾亦無悔。

二〇一九，我走過……

明天，我來了！愛你愛你（二〇二〇）

祝大家，永遠迎向陽光、熱愛每個與你同行的日子。

新年快樂！

國家圖書館出版品預行編目資料

書歲月的臉：2019不可思議／林淑如著. --初版.--臺中市：白象文化事業有限公司，2021.11
面； 公分
ISBN 978-626-7018-54-5(平裝)

863.55 110013020

書歲月的臉：2019不可思議

作　　者　林淑如
校　　對　李明蘭
發 行 人　張輝潭
出版發行　白象文化事業有限公司
412台中市大里區科技路1號8樓之2（台中軟體園區）
出版專線：（04）2496-5995　傳真：（04）2496-9901
401台中市東區和平街228巷44號（經銷部）
購書專線：（04）2220-8589　傳真：（04）2220-8505
專案主編　林榮威
出版編印　林榮威、陳逸儒、黃麗穎、水邊、陳媁婷、李婕
設計創意　張禮南、何佳諠
經銷推廣　李莉吟、莊博亞、劉育姍、李如玉
經紀企劃　張輝潭、徐錦淳、廖書湘、黃姿虹
營運管理　林金郎、曾千熏
印　　刷　基盛印刷工場
初版一刷　2021年11月
定　　價　350元

2019.過年

裕雄家的橘子

我與第一屆初三3學生在周家庭園

武陵賞櫻

與學生明群一家在清流

與明道校長及退休同仁

三餘《探路》

三餘《活版印刷三日月堂》

三餘《浮水錄》

清明祭祖

重新記住你們的名字

蘭馨讀書會

2019市一中高中同學會

與文藝社同仁在璞園山莊

與清流表妹虹玲

與清流部落的舅媽

大學同學會在清境

2019大學同學會

與學生在花博

與氣功朋友在周家庭園

與家人聚餐

參加七七《百年孤寂》

三餘《當代英雄》

參加83年高中畢業學生同學會

益品書屋例會

三餘讀書會誠品選書

學生曉儀家

參加七七讀書會29周年社慶

三餘出遊毓繡美術館

七七29周年慶

與學生花蓮行

台東行

與學生花東行

台東行，學生杜銘章是研究蛇的專家教授

花蓮表姊請客

婕斯年會抽中首獎勞力士錶

於溫哥華機場邂逅斐濟美女，從此變臉友

丹佛外孫參加三鐵活動比賽

佛州小姑夫婦至科州女兒家拜訪

住在度假小屋的唱歌娛樂

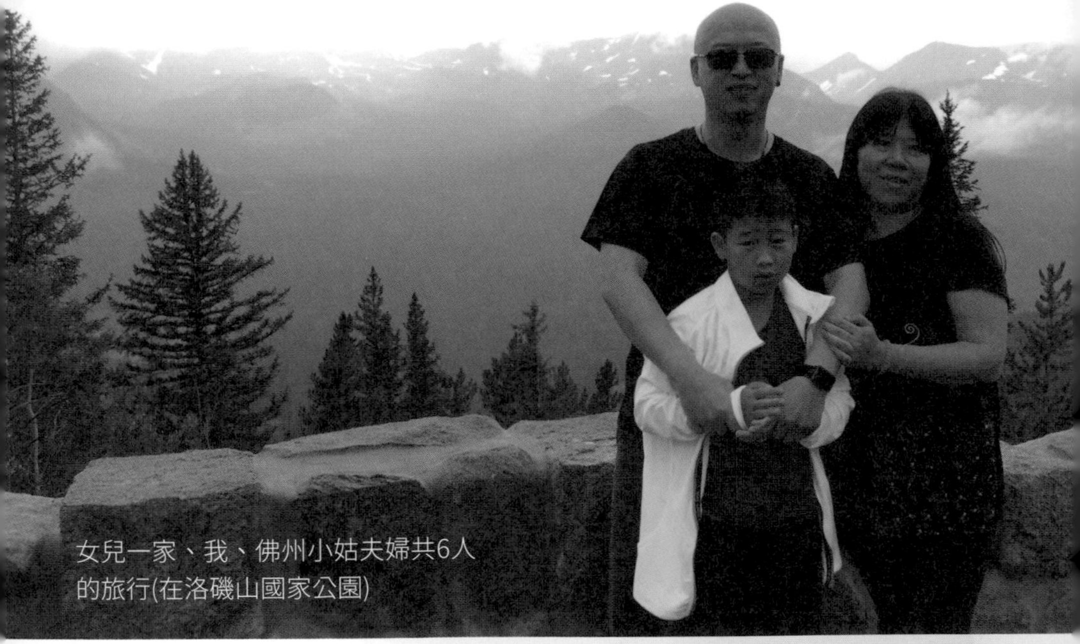
女兒一家、我、佛州小姑夫婦共6人
的旅行(在洛磯山國家公園)

洛磯山國家森林裡的河流

旅行中的慰勞

洛磯山國家公園行經Grand Lake的泛舟

科州山峰之積雪終年不化

洛磯山國家公園靜謐的湖水

人生的相逢不容易，有佛州、科州、台灣親人來相遇

洛磯山脈頂上凜冽的冷（女兒和外孫）

科州有名的鬼旅館史坦利，我來過不下5次

眾神的花園與小姑Cindy夫婦

印地安人古居博物館

參觀科州州政府

州政府台階上的地標

科泉高中同學Eva的家

吧，一顆顆金幣
，然後飛落滿地
抓得住人間財富
得住刹那秋光？

科州白楊樹

科州尋秋之旅

有名的栗色鐘聲(Maroon Bills)在此賞秋天白楊

這次爲她而去(陽光下燦紅的九瓣楓葉) 走玉米迷宮

經登頂才可到的Hanging Lake

如柏是我在溫哥華全程的最佳攝影師

溫哥華學生家有棵珍奇九瓣楓葉的樹種

五彩繽紛的豪華地毯

溫哥華耶魯鎮

我與40年沒見的徐望雲老師在溫哥華見面了

在溫哥華重逢的徐老師和張老師

空中奇緣認識的溫哥華男孩
已1.5歲了

2019/10/28溫哥華
本拿比山頂公園水平線餐廳
與溫哥華學生如柏、Caan夫婦

.與學生如柏夫婦在溫哥華漁人碼頭

大豐麵粉廠70周年慶與來慶賀的高中同學前胡市長遇見，左爲林賢三副董

回台後11月16日大豐70周年慶與家人

與來慶賀大豐70周年慶的盧市長

回台後，11月贈送襪子的學生曾澤民董事長夫婦替我洗塵

龍巖處長的邀約，美麗女兒的茶宴

在美，她從鳳凰城飛丹佛12月底又飛台來我家的fb粉絲Kweiman

回台後，11月蕭主任夫婦作東與老同事們的聚會

我與老黑在長榮理財演講中認識

71年初中畢業學生同學會

老黑歲末來明道

12月14日接三餘讀書會2020年會長